Nina Leger

Mise en pièces

Gallimard

Nina Leger est née en 1988 et vit à Paris. Elle enseigne à l'école des beaux-arts de Marseille. Son deuxième roman, *Mise en pièces* (Folio n° 6575), a reçu le prix Anaïs-Nin et le prix littéraire de la Vocation en 2017.

Pour J. D.

« Dans l'essai de la deuxième expérience, il s'était assemblé lui-même, avec son environnement — sans effort —, à partir d'une poussière d'instants dispersés, à partir de ce qui, en temps réel, avait semblé du bruit blanc. »

GREG EGAN
La Cité des permutants

« Baby, just come to me
Be what you wanna be
Using your fantasy
I need your soul to see »

GIGI D'AGOSTINO
« La Passion »

Elle le fait glisser dans sa bouche.

Elle le laisse s'alourdir, prendre chaleur, ampleur et forme, pousser contre son palais, peser sur sa langue.

Lèvres immobiles, infimes contractions intérieures : elle a ôté au geste sa frénésie.

Elle pense aux fleurs de papier qui se déploient lorsque posées sur l'eau.

Elle s'écarte et considère le sexe bandé.

Ciel uniforme, toile cirée tourterelle tendue entre les tours; les voitures tiennent ferme l'horizon; à intervalles réguliers, le brun verni d'un lampadaire interrompt l'alignement des arbres; des flics à vélo glissent en reluquant les boutiques de mariage : géométrie banale à laquelle s'accordent le pas, la respiration et la pensée de Jeanne.

Elle remonte le boulevard.

Mais elle bifurque, traverse, et il suffit de cet angle brisé dans sa trajectoire pour crever l'espace comme un clou déchire dans sa longueur le tissu qui s'y prend. La ville s'effondre, perd ses abscisses et perd ses ordonnées, maelström de ciel, d'arbres, de lampadaires, de vélos et de robes. L'enseigne au coin d'une pharmacie se liquéfie, coule, s'emmêle aux affiches électorales, s'y engourdit, glisse dans les feuilles mortes, retourne le goudron, avale les portants du Guerrisol et les rideaux de fer, consume le trottoir. Jeanne sombre.

Un malaise, pensent-ils quand elle s'appuie contre une vitrine — inspire, expire —, que le froid plat du verre traverse sa chemise et glace ses omoplates — inspire, expire —, qu'elle ferme les yeux et renverse la tête en arrière — inspire, c'est toujours quand elle renverse la tête.

Jeanne a tiré le rideau ; la lumière, devenue verte, a empli la chambre comme une eau.

Jeanne écoute les bruits de l'hôtel — ascenseur remontant ses cordages, portes qui claquent, aspirateur en lame de fond. Il est bientôt midi, les touristes sont partis jouer leur rôle sur les places de Paris, leurs chambres sont vides, l'intendance reprend ses droits. Un chariot de mini-shampoings et de serviettes s'approche, ralentit, mais la chambre est protégée par le carton suspendu à la poignée et qui ordonne, en lettres rouges et capitales, « Ne pas déranger ». Le chariot poursuit sa progression. Bientôt, son grincement s'éteint dans l'éloignement de la moquette. L'ascenseur se fige, les portes sont closes pour la journée, l'aspirateur se tait. Le calme tombe autour de la chambre et Jeanne, alors, se concentre sur l'espace clos, sur le va-et-vient de sa main, sur celui de ses lèvres et sur cette respiration compressée qui descend des hauteurs.

Elle fait jouer sa langue sur le sexe compact, sa salive suit le contour des veines, trempe ses doigts — qu'elle tient serrés à la base du sexe, leurs articulations rendues lisses et blanches par la pression —, fraye entre les poils et alourdit leurs frisures.

Comme on cherche prise sur un rocher glissant, l'homme pose une main sur l'épaule de Jeanne. Elle se dégage, resserre ses lèvres autour du sexe. À l'angle de son champ de vision, derrière le bassin de l'homme, un aloe vera opère d'immobiles contorsions; lit, lampes et chaises flottent, aquatiques.

c'est toujours quand elle renverse la tête. Un malaise, pensent-ils, car que penser d'autre en apercevant ce dos plaqué aux façades, cette main qui brasse l'air, ces genoux légèrement pliés, cette tête renversée, le désordre de ce corps qui semble prêt à rejoindre le sol dans une chute brusque, un effondrement vertical comme celui d'une tour s'affalant sur elle-même? Un malaise, pensent-ils, car ils ignorent qu'elle défaille sans faiblesse, qu'elle connaît les moyens qui parviennent aux fins, et que lorsqu'elle renverse la tête, toujours, une voix masculine — parfois routarde et assurée, parfois brisée avant même de s'élever — lui demande, Vous allez bien?

Qu'importent le visage, la taille, la carrure ou le ventre : elle ne leur accorde pas le moindre regard, car rien, dans la physionomie d'un homme, n'annonce jamais son sexe.

Elle construit un palais de mémoire qui, à mesure qu'il se peuple de sexes nouveaux, se complique de couloirs, d'annexes et de dépendances. Les portes y sont toujours plus nombreuses.

Elle aurait pu prendre des photos et en faire collection, elle aurait pu tenir un carnet de comptes ou de croquis, utiliser comme support un tableur ou un journal intime, confier à d'autres ses souvenirs plus ou moins retouchés, elle aurait pu oublier — elle a préféré construire un palais.

Chaque pièce de l'édifice accueille le souvenir d'un sexe particulier et en assure la mémorisation. Que Jeanne en franchisse le seuil, et elle retrouve la forme, la découpe, la chaleur particulière, la densité, l'odeur du sexe, l'élasticité des tissus et leur teinte quand ils se tendent ou se relâchent, l'aspect poli ou luisant du gland, le réseau de vaisseaux bleutés, les zones ombragées, la peau des couilles aux fripures d'empreinte digitale, l'implantation des poils.

Si les chambres conservent le souvenir complet des sexes, rien d'autre n'y pénètre : l'homme disparaît, son image consumée dans le regard rapproché de Jeanne.

Elle accumule, mais elle ne cherche rien, n'est pas en quête du sexe qui les surpasserait tous et donnerait sens à ses explorations en imposant leur terme. Elle rassemble sans comparer, ajoute sans juger, sans préférences ni dédains. Le plan du palais assure l'horizontalité des organisations et Jeanne n'est pas sujette aux engouements soudains : même l'espace d'un instant, aucune trouvaille ne devient jamais fétiche à la place des autres.

Jeanne se passe des intrigues qui polissent les faits; elle prend sans amortir le choc du sexe. Sa géographie sexuelle se compose de lieux où les corps passent sans laisser deviner les personnes : centres commerciaux, transports, boulevards ou avenues. Elle évite les espaces dédiés, conçus pour l'approche, la drague et la séduction, bars, boîtes, clubs, lounges où le sexe se gagne par détours et reconnaissances de terrain, où chaque geste et chaque parole vise une fin qu'on jugerait vulgaire et impoli d'expliciter. La périphrase, l'air de rien et le mot gentil sont de mise.

Où conduit-elle les corps rencontrés?

Ni recoins de portes cochères, ni halls d'immeubles endormis, ni parkings, ni toilettes, ni cabines de piscine ou de téléphone, ni bureaux, ni ascenseurs ou cages d'escalier : elle a exclu les lieux communs et publics du fantasme.

Elle ne les conduit pas chez elle, pas plus

qu'elle ne les suit chez eux : un domicile porterait l'empreinte d'un quotidien, les objets seraient tout entiers absorbés dans le récit d'un mode de vie, leur réunion produisant un effet d'ensemble destiné à exprimer un passé, un présent et une aspiration future, à exhiber des goûts et des attachements, à distiller une intimité minime, mais corrosive.

Une fois, dans les tout premiers temps, elle a vacillé au pied d'un immeuble de brique rouge. Au même moment, un homme en sortait. Il avait proposé son aide ; elle avait accepté de monter chez lui. Le bruit de la porte lui est resté en tête, une serrure trois points qu'on déverrouille, qui résiste, se laisse un peu violenter, puis cède, bruyante et soulagée d'être vaincue. L'appartement : moquette beige, grands placards, lit clic-clac — l'homme avait tenu à le déplier, mais seulement après avoir proposé à Jeanne un verre d'eau —, deux fenêtres ouvrant sur un parc, des jardinières sans fleurs, la rumeur d'enfants en contrebas, une odeur d'épices, une literie jaune pâle. Ces éléments composaient un ensemble que certains appelleraient une vie, et d'autres une existence, mais qui, quel que soit son nom, échappait aux mises en pièces. Le sexe de l'homme y était pris. Dans le souvenir de Jeanne, sa teinte s'est confondue avec le jaune pâle des draps et le beige de la moquette, sa courbe a été brisée par la lumière oblique frappant le verre d'eau, son silence troublé par les cris enfantins qui montaient par à-coups. Ainsi encombré, il n'a pas pu passer les portes du palais et a suivi le trajet des souvenirs ordinaires. Aujourd'hui, Jeanne ne saurait le décrire. Elle se rappelle pourtant le verre d'eau, les placards, le parc, les jardinières à nu.

Par exclusion de tous les autres lieux possibles, seuls les hôtels présentent la neutralité nécessaire aux activités de Jeanne. Elle en est devenue l'experte, sa carte de Paris est piquetée d'adresses qu'elle connaît d'instinct. Hôtel Agate, hôtel Prince Albert, hôtel Prince Monceau, hôtel Coypel, hôtel Nord & Champagne, hôtel Edgar Quinet, Comfort hôtel Lamarck, Seven hôtel, Park & Suites Prestige Paris Grande Bibliothèque, Adagio City Aparthotel Montrouge, Ibis budget Paris Porte de Vanves, Mercure Paris Porte de Versailles, hôtel Kyriad Italie Gobelins, hôtel Kyriad Bercy Village, hôtel Kyriad Montparnasse, hôtel Magellan, hôtel Fiat... Elle aime leurs chambres qui n'appartiennent à rien d'autre qu'à leur numéro, 12, 208, 5 ou 43, espaces hors-sol, un instant investis et fictivement possédés. Qu'on y entre et l'on peut s'y livrer aux plus grands désordres, à l'intimité la plus tendre ou aux obscénités les plus crues, exposant aux murs de la chambre inconnue ce qu'on ne révélera jamais au plus fidèle des confidents. Qu'on en sorte, qu'on remette la clef sur le comptoir et, immédiatement, l'effacement des traces est organisé, les draps sont lavés, les serviettes changées, les empreintes essuyées. Le nettoyage délie la chambre de toute appartenance, assure sa disponibilité et son amnésie. L'image des corps qui, quelques heures auparavant, étaient près de déchirer les draps détrempés de sueur, est dissoute dans une émulsion javellisée et engloutie par le siphon en même temps que les eaux usées. C'est un monde parfaitement neuf et vierge que découvre le client suivant.

Jeanne apprécie les arrangements nets, la répétitivité parfaite des chambres d'hôtel : chaque objet y présente une garantie sérielle, même les audaces décoratives. Si elle découvre un bouquet sur une table de nuit, elle se rassure en considérant qu'à l'évidence, dans la chambre voisine, le même bouquet est placé dans un même vase, posé sur une même table, et que cela vaut pour la chambre suivante et la suivante et la suivante encore, comme si une chambre unique avait été une fois conçue, puis insérée entre deux miroirs et répliquée à l'infini. Jeanne scrute le rosissement multiplié des fleurs jusqu'à leur disparition dans un inassignable point de fuite. Satisfaite, elle ferme à double tour et, la main sur le verrou qui l'enferme avec un inconnu, lit à mi-voix l'affichette placardée au revers de la porte : petit-déjeuner 12 €, taxe de séjour 60 cts, supplément animal 4 € ; consignes de sécurité en cas d'incendie ; plan d'évacuation ; « Vous êtes ici ».

Ces mots gris sont pour elle les annonciateurs hyperdiscrets d'une débauche en chambre standard.

Il y eut un commencement.

Ce jour où l'œil de Jeanne accommode sur l'éclat cuivré d'une braguette.

La ligne 13 du métro, la saccade du wagon contre laquelle se débat un accordéoniste obstiné et cet homme, assis en face d'elle, dont elle fixe l'entrejambe et qui, par ce regard, est pétrifié.

La femme assise à la droite de l'homme perçoit un danger : son attention frémit à la surface du visage masculin, en établit le relevé et identifie l'endroit où le paysage manque à sa topographie ordinaire. C'est à la bordure de l'œil que ça se passe. C'est trop écarté, c'est figé et tremblant à la fois. La femme dérive vers ce que fixe l'œil : Jeanne, les paupières rabattues, les yeux en corridor, le regard qui persiste, qui appuie et s'enfonce plus avant dans les plis de la toile bleu sombre et semble faire sauter une à une les dentelures de la braguette. L'homme n'ose lui barrer la route. Il pourrait, avec naturel, interposer ses mains, croiser les jambes, se couvrir d'un pan de son manteau, mais il demeure immobile, dépossédé de ses droits sur son propre sexe.

La femme remue, voudrait changer de place, entraîner l'homme avec elle, prétendre qu'on descend à la prochaine et qu'il faut se lever dès à présent, anticiper, car le métro est bondé et qu'autrement il sera impossible de se frayer un passage jusqu'aux portières. Mais elle est aussi figée que son mari, prisonnière du système d'immobilités que fait tenir la pupille étrécie de Jeanne.

Quand la rame freine à Saint-Lazare, Jeanne lâche prise, se lève et s'en va. Le couple exténué demeure silencieux. Ils tiennent à ce silence, repoussent le premier mot, laissent leurs reproches en suspens — leurs contours flous, leur surface grise —, ils n'arrêtent aucun adjectif. Bien sûr, ils parleront, mais d'abord ils profitent de n'avoir rien dit, d'ignorer encore un instant ce que sera le premier mot, la première intonation, le premier questionnement qui lancera la spirale des mots mal choisis, des intonations mal ajustées, des questionnements offensants, des rancœurs exhumées, des maladresses et des paranoïas. Ils savent que leurs griefs sont insolubles puisque impossibles à formuler et à justifier. Ils savent qu'aucune discussion ne leur permettra de parvenir à un accord et qu'il ne peut y avoir de compréhension commune de l'événement, mais seulement deux camps, autrefois alliés et qui désormais soupçonnent l'autre d'avoir joué un rôle actif dans l'hécatombe qui vient de décimer leurs troupes. Si une trêve est conclue, ce ne sera jamais un traité de paix, un déséquilibre demeurera, un doute, une suspicion. Ils marchaient si bien ensemble; ils n'avanceront plus que clopin-clopant.

Jeanne longe les murs carrelés de blanc. Elle suit l'écusson de la ligne 14. Pas rapide et précis, métronome des bras et des épaules, tête solide, jusque-là tout va bien, et elle serait étonnée d'apprendre qu'elle a fixé, quatre stations durant, l'entrejambe d'un homme, tant l'épisode a été absorbé par les niveaux les plus diffus de sa conscience. Il semble que l'image n'ait jamais atteint le cerveau. Mais le processus est enclenché et, s'il est lent, il est inexorable.

Elle débouche sur la piazza souterraine où s'embranche la 14, l'espace s'évase, la lumière naturelle tombe en douche et dissout la précision électrique, les carreaux rigoureux se fondent en un mur souple aux teintes crémeuses, le degré de réverbération se modifie, les sons ne filent plus dans l'axe des couloirs, mais se liquéfient, rumeurs nappées qui s'effondrent dans des profondeurs d'escalators.

C'est alors que l'image frappe.

Jeanne se désarticule.

Elle s'adosse au mur ; inspire, expire ; le froid traverse son pull de coton ; elle renverse la tête en arrière, cherche prise et, soudain, le vacarme se condense en un point : un homme qui s'arrête et lui propose son aide.

Elle l'emmène à l'hôtel.

Elle en sort vingt minutes plus tard, l'odeur sur ses mains, une savonnette dans sa poche. Elle reprend son trajet là où il s'était interrompu, appelle le cabinet médical, prévient de son retard, s'excuse, remercie, du délai qu'on lui accorde, garantit son arrivée prochaine, s'excuse encore, raccroche — une savonnette dans sa poche, l'odeur sur ses mains.

Bercée par l'alternance des tunnels et des stations, elle croit à de l'exceptionnel. Une vaste affaire d'emballement hormonal dont elle tirera une anecdote à raconter en toute fin de soirée, quand les fêtes se vident, qu'on se trouve entre soi et que, pour retenir un peu les uns et les autres, pour demeurer ensemble, quelques instants encore, assis dans la même lumière, on tente de faire rire avec des confidences. Celle-ci sera, c'est certain, une excellente monnaie d'échange. Elle a de quoi causer tout à la fois stupeur et curiosité. L'auditoire sera sien, le temps pourra passer, personne ne fera le moindre geste pour quitter son siège. Ce sera à elle de donner le signal du départ, ils tenteront d'en savoir un peu plus, ils réclameront, puis, devant son inflexibilité, ils la laisseront partir. Certains l'appelleront le lendemain pour continuer la conversation.

Gare de Lyon — descente à gauche et néons pâles. Jeanne plonge les yeux dans le jardin tropical captif des verrières. Verts sombres ou mordants, ramures en gouttelettes, feuilles dressées ou pleureuses, buissonnantes ou plates comme les pales de souples embarcations, pistils luisants, terre grise. Ici sont mêlés plantes véritables et fac-similés en plastique, mais le temps d'arrêt en station et les reflets de la vitre ne permettent pas de distinguer le vrai du faux.

Le métro file, Jeanne ne s'aperçoit pas qu'une systématique du souvenir s'organise, que l'anecdote va devenir mode de vie et que ses récits demeureront inavoués. Ce premier homme, elle est rapidement incapable de convoquer sa voix, son visage, sa taille ou son poids. Seul son sexe continue de lui apparaître. Un sexe brun, un sexe sombre qui s'éclaircit à la butte du gland où il devient translucide, comme une veilleuse électrique dans une chambre d'enfant.

Assoupissement, replis tendres et ombreux, abandon à toutes les pesanteurs. Dilatation, montée, rigidité élastique, forme trop étroite pour la masse nouvelle, corps engoncé, veines saillantes.

Jeanne est d'une attention extrême.

Ses gestes sont lents, appliqués. Elle fait passer le sexe entre ses doigts, dans sa bouche, contre son visage. Elle l'ausculte, y colle parfois son oreille, écoute le sang qui bat, suit de son pouce la courbe du gland, guette l'entrouverture du méat qui boit sa salive.

Elle isole le sexe entre ses deux mains placées en coupe, exclut le corps et se concentre sur la mobilité de l'organe qui, peu à peu, emplit l'espace. Les meubles diminuent et les détails blanchissent, elle demeure seule avec le sexe qu'elle fait sien; son propre corps a perdu consistance.

Il se dit pressé, mais s'éternise et devient bavard. Il parle en marchant, passe d'un objet à l'autre, écarte le rideau, ouvre la fenêtre, la referme, inspecte les placards, allume la télévision, l'éteint, tapote une pomme en céramique bleue posée sur le guéridon, bourdonne dans la chambre avec l'excitation d'un souverain pontife redécouvrant le luxe de sa résidence d'été.

Ses mots et ses gestes suivent deux canaux parfaitement autonomes. Quand il a écarté, ouvert, fermé, inspecté et tapoté tout ce qui pouvait l'être, il continue de parler en rajustant son col, en époussetant son pull, en remontant et redescendant ses manches, en s'assurant du tombé sur son pantalon. Le silence de Jeanne ne l'effleure pas, il a le sentiment de faire conversation.

Alors qu'il vérifie la semelle de ses chaussures en parlant du printemps qui, décidément, tarde à venir, le bruit sec d'un loquet l'interrompt et lui fait tourner la tête ; elle a disparu.

Surpris, il attend.

Il s'assied sur le lit, se mouche, remarque une écharpe oubliée sur la chaise, prévoit le retour imminent de la femme, attend, consulte son téléphone, renoue le lacet de sa chaussure droite.

Quand le feu du carrefour mitoyen est, par huit fois, passé au vert, il se lève et descend à la réception. La chambre a déjà été réglée, lui dit-on. Il quitte l'hôtel. Au bout de quelques mètres, il est arrêté par la sensation d'un objet étranger serré dans son poing. Il revient sur ses pas, dépose l'écharpe à la réception, puis disparaît.

Les premiers temps, elle a manqué de rigueur : il est des hommes qu'elle a revus, donnant rendez-vous quinze jours plus tard, même heure, même endroit, oubliant les visages entre chaque rencontre. Lorsqu'ils apparaissaient, interrogateurs dans l'entrebâillement de la porte, elle les redécouvrait sans émerveillement devant la beauté de tel ou tel, sans joie de croiser un regard espéré, sans envie de prendre un de ces visages entre ses mains, d'embrasser doucement ses paupières, de caresser sa bouche du doigt, de s'approcher tout près pour sentir son haleine, de glisser son nez dans ses cheveux, de découvrir sa nuque pour y poser les lèvres.

Il est arrivé que certains tombent amoureux, ou décident de l'être et de se prétendre tels. Ils considéraient alors chaque rendez-vous comme un signe, calculaient l'éventuel accroissement de leur fréquence, suppliaient qu'on ne se retrouve pas directement à l'hôtel mais qu'on passe d'abord par le salon de thé où ils commandaient deux chocolats viennois et disaient, en substance, Raconte-moi ta vie, prends la mienne entre tes mains, brise-la si tu veux, mais d'abord, viens avec moi à Annecy vendredi en huit, j'ai un chalet.

Il est arrivé, dans ces situations, que Jeanne ait la folie de raisonner les amoureux, qu'elle leur caresse le dos de la main et leur dise, la voix mousseuse, l'œil humide et l'âme au sec, C'est impossible. Qu'elle parle d'un mari, invoque des obligations familiales, s'invente des enfants à élever, à protéger de l'âpre réalité qui affadit les sentiments et limaille les corps qu'on croyait soudés à jamais, qu'elle décrive la fragile et sensible Chloé, qui ne supportera pas que ses parents se déchirent, quant à Charles, son grand Charles, qui entretient une relation conflictuelle avec son père, sans elle pour servir d'intermédiaire, apaiser les disputes, apporter des plateaux-repas en cachette quand le père a hurlé, Dans ta chambre et pas la peine d'en sortir pour le dîner, on ne veut pas de ton insolence à table, sans elle ce sera la débâcle, la rupture du lien filial, non, vraiment, Annecy, impossible.

Elle a fait varier l'âge, le sexe, le nombre et le prénom des enfants — préférant généralement les passe-partout (Marie, Léa, Benjamin ou Matthieu), osant un jour Isolde, et une autre fois, d'humeur américaine, s'attachant un Denver —, mais elle s'est lassée de ces tours. Elle a appris à claquer les portes, elle est devenue experte en disparitions radicales. L'amant sortait de la salle de bains, le corps emmitouflé de vapeur d'eau, et trouvait chambre vide. Allégorie de l'hébétude à la serviette, il s'ébrouait soudain, s'emmêlait dans ses habits, traversait à toute vitesse couloirs, ascenseurs et halls d'entrée sans que le succès n'arrête jamais sa course : pas de Jeanne à la réception, pas de Jeanne sur le seuil, pas de Jeanne dans la rue, d'ailleurs pas de Jeanne du tout car l'amant croyait avoir couché avec Mélanie, c'est Mélanie qui avait serré ses cuisses si fort autour de sa taille qu'il croyait les sentir encore, c'est « Mélanie » qu'il avait gémi quand Mélanie avait pris son sexe dans sa bouche et c'est encore Mélanie, Mélanie Fonville qu'il cherche, hors d'haleine, dans les pages blanches, sur les sites de rencontres et les réseaux sociaux.

Jeanne, désormais, ne revoit plus et n'a plus même recours à Mélanie, préférant le silence au don d'un nom factice. Elle préfère aussi ignorer le nom de l'homme qu'elle débraguette. S'il parle malgré tout, s'il s'engage dans le détail de sa vie professionnelle et expose ses perspectives d'avenir, elle concentre son attention sur la forme du sexe qui courbe le caleçon et sur les deux boutons de plastique nacré qu'elle défera bientôt. Le reste, tout le reste, tombe dans l'oubli ; et l'oubli de Jeanne est aussi dense que sa mémoire est précise.

C'est dans les hôtels que Jeanne trouve les éléments nécessaires à l'aménagement de son palais. Elle a annexé un paillasson et des bougeoirs à l'hôtel Saint-Pierre, des voilages au Timhotel, des couvre-lits à l'hôtel du Delta et à l'hôtel Cambrai, des cendriers hors d'usage et deux lampes de chevet à l'hôtel de Nice... Le palais est un cadavre exquis de l'hôtellerie parisienne.

Jeanne traverse son domaine le soir, au coucher, le matin, au réveil; elle le parcourt entre deux rendez-vous, au milieu de dîners bruyants où la parole s'élance sans rejaillir sur elle, dans le hérissement cristallin du rayon beauté des grands magasins, sous les halogènes d'une salle d'attente.

Parfois, elle s'entretient longuement avec un sexe unique. Attentive à la fidélité du souvenir, elle s'approche, observe, s'abreuve de détails. Les heures passent en déambulations lentes et en stations interminables, jusqu'à ce qu'elle quitte les lieux, à contrecœur et en prenant garde de ne rien déranger du silence des formes.

Lors d'autres visites, en veine d'inventaire, elle traverse ses États à vive allure, comme pour en établir l'atlas complet. Sur son passage, les portes volent et les rideaux claquent, elle allume les plafonniers, inspecte l'ordre général, corrige les désordres particuliers, chasse la poussière accumulée. Elle s'active et, aveugle aux contemplations, se fait gestionnaire. Rien ne va plus, tout est à refaire, ici cela s'estompe, ici ça vire au gris, là encore ça se floute. Elle se lance dans de grands travaux, rehausse les peintures, ravive les éclats, rajuste les agencements. Elle inspecte ses trophées à la recherche de trames défectueuses. Si des erreurs affectent une image mémorisée, elles ne résistent jamais à l'examen et Jeanne rétablit infailliblement la structure du sexe biaisé. Parfois, elle ose même quelques transformations dans le plan du palais. Elle envisage, elle considère, mais la voilà soudain précautionneuse. Elle hésite, ses gestes s'alourdissent de la conscience d'un risque. L'efficacité d'un palais de mémoire dépend de l'immutabilité de son plan : en manipulant l'ordre des souvenirs, elle les met en danger. Chaque pièce est garante de celle qui lui succède. En certains carrefours, une seule pièce conditionne l'accès à une dizaine de chambres qui disparaîtraient si Jeanne était incapable de se souvenir de la pièce maîtresse. Devenues inaccessibles, ces chambres survivraient un temps, en transparence, fichiers illisibles, irrécupérables. Elles seraient bientôt oubliées. Les parcours mnémotechniques réguliers auxquels se livre Jeanne ont pour but d'empêcher de tels oublis. Les réaménagements sont susceptibles de les favoriser. Alors Jeanne les remet à plus tard.

Il s'endort. Jeanne est immobile, ses jambes mêlées aux siennes, l'oreille si proche de ce souffle inconnu, le visage plaqué contre cette peau dont l'odeur et la texture lui demeureront étrangères.

Une fois l'homme enseveli dans le sommeil, elle tend une main vers son sexe, l'entoure, suit le rythme lent de sa rétractation, presse la masse devenue si souple, englobe de ses doigts les couilles assoupies. C'est ainsi qu'elle s'endort, le sexe tiède et moite lové au creux de sa main.

De silencieux mouvements l'éveillent; l'homme se dégage de son étrange étreinte. Elle feint le sommeil. Entre ses paupières, elle l'observe se lever, rassembler ses habits, récupérer sa montre posée sur la table de nuit, et coulisser jusqu'à la salle de bains dont il referme la porte derrière lui. Les bruits qui filtrent par la cloison lui restituent sur un mode mineur chacun des gestes de l'homme éclipsé. Borborygmes de tuyauterie, jaillissement d'eau, gouttes qui heurtent la faïence. Quand le corps de l'homme s'interpose, leur impact s'assourdit. Le rideau de douche est tiré d'un geste bref. Le bruit de l'eau suit les courbes du corps, ricoche sur les pleins, s'écrase dans les creux, s'étire dans les replis; il monte ou descend dans les graves selon que la main élève ou abaisse le pommeau. Un clapotis nerveux et bref : l'homme nettoie son sexe. Il y met sans doute plus de soin qu'à l'ordinaire. L'eau bouillonne dans sa main placée en calice, déborde et s'écrase, choc plat et clair entre les deux pieds écartés, orteils crispés, ongles blanchis. Encore quelques minutes, et l'eau est coupée, la tuyauterie déglutit une dernière fois, se tait, le pommeau est replacé, le rideau est tiré à nouveau. Un piétinement humide sur le carrelage, tissus frottés et cliquetis métalliques, une toux qu'on veut discrète. La porte s'ouvre et l'homme est là à nouveau, pieds nus et costume sombre, silhouette imprécise aux yeux mi-clos de Jeanne. Il s'assied dans un fauteuil noir, enfile ses chaussettes et lace ses chaussures, se relève, passe son manteau, regarde sa montre, puis son téléphone, jette un œil vers le lit, hésite; et s'éclipse. Parce qu'il croit filer à l'anglaise, il amortit autant que possible la retombée de la porte derrière lui.

Qui croirait qu'une origine puisse être tout entière contenue dans un fait ? Non, une origine doit proposer des causes, des facteurs et des antécédents, elle doit fournir, en pièces détachées, la machinerie complète d'une existence que le récit montera par étapes.

Or, l'anecdote du métro, qui voit Jeanne fixer, prétendument malgré elle, l'entrejambe d'un homme, cette anecdote laisse de côté le plus important. Elle feint la naïveté, s'en tient au factuel et ne donne aucune des raisons, des explications nécessaires pour justifier un si bizarre comportement. En vrac, elle livre quelques pièces biscornues, mais ne prend pas la peine de les réunir à l'aide des écrous sans lesquels tout assemblage est voué à l'effondrement : les *pourquoi* et les *parce que*.

Lorsque surviennent ces insatisfactions, Jeanne monte dans l'ascenseur de l'hôtel de Chypre, suivie d'un homme. À peine la machine a-t-elle pris son élan, qu'un groupe de *pour-quoi* s'approchent de la réception. Les uns et les autres s'accoudent, froncent le sourcil, regardent compulsivement leur montre — J'attends quelqu'un —, jusqu'à ce qu'apparaisse leur cavalier pluriel : un élégant groupe de *parce que*. Le hall est bondé, les couples se forment, les timidités se résorbent : la conversation peut commencer.

Tandis que Jeanne sort de l'ascenseur au 4e étage, prend le couloir sur sa droite, swipe la carte dans la serrure magnétique de la chambre 76, entre dans la chambre, s'approche de la fenêtre et regarde, au-dehors, une voiture rouge qui passe dans la rue, se gare devant un café vert dont sort un homme en noir, tandis que Jeanne, abandonnant la scène extérieure, détourne le regard et pose la main sur le sexe de l'homme qui l'accompagne, tandis que ces gestes minuscules peuplent de leur silence la chambre 76, le tapage des *pourquoi* et des *parce que* gagne en densité, se feuillette de strates successives, s'insinue dans chaque espace vacant et peuple impérieusement le hall de l'hôtel de Chypre.

Si on traversait ce hall, on entendrait que Jeanne a trente-six ans, qu'après son bac elle a travaillé durant cinq ans — d'abord dans un centre d'appels, puis comme secrétaire médicale, qu'elle y a rencontré un mari, son mari, le coup classique : l'ophtalmologue poivre et sel avant l'âge qui appuie ses deux mains sur le dossier du fauteuil et se penche un peu trop pour consulter, par-dessus l'épaule de sa secrétaire, l'agenda des rendez-vous; le coup classique de la secrétaire qui rougit et inspire profondément en sentant cette autre respiration éparpiller les mèches ramenées derrière son oreille; le coup classique du premier verre après le travail, pour faire connaissance, Vous l'avez bien mérité, Jeanne, vous avez accompli un boulot formidable depuis votre arrivée, prolongé d'un dîner dans un petit italien qui ne paye pas de mine mais dont les linguine alle vongole valent le détour, Nous formons une bonne équipe tous les deux, une équipe gagnante, puis d'un autre verre, Les femmes me fascinent, leur sensibilité, leur rapport au monde, et d'une remontée quatre à quatre vers son studio, Croyez-moi, Jeanne, ça ne m'est jamais arrivé, jamais auparavant, et l'ophtalmo et sa secrétaire devinrent mari et femme. Un *parce que* poursuit d'une voix étale que leurs visions du couple concordaient si parfaitement que Jeanne arrêta de travailler pour les mettre en pratique, il était au travail, elle au foyer; lui actif, elle contemplative; lui la ligne droite, elle l'entrelacs; lui la conversation affirmative, elle les yeux écarquillés; lui les pieds sur terre, elle les absences; lui le réalisme, elle les rêvasseries; lui le concrètement parlant, elle les phrases suspendues et jamais terminées, évanouies en pensées. Un autre *parce que*, haussant brusquement le ton, interrompt ce récit trop lisse, — Il y eut abandon, dit-il, il y eut délaissement, solitude et, bientôt, le goût de Jeanne pour les documentaires ne suffit plus à peupler ses journées, elle s'inscrivit sur les sites de rencontres et commença de fréquenter, — Mais une autre voix s'interpose et celle-ci dit que Jeanne a vingt-deux ans et qu'elle fut ravagée par une adolescence boulimique, associée à un immense déficit affectif, à une estime de soi inexistante, à de l'acné, à un rapport au corps torturé, à une entreprise de scarifications menant à une tentative de suicide, que s'ensuivirent de mauvaises rencontres en hôpital psychiatrique, puis la sexualité, investie comme exutoire, sexualité pathologique d'une enfant mal dans sa peau, un moyen comme un autre de faire souffrir le corps mal aimé, de le punir d'on ne savait quoi et de le mettre en danger, car si ça n'avait pas été le sexe, ç'aurait été la drogue, ou Dieu sait quoi, — Mais pas du tout, l'histoire est tout autre, laissez-moi vous dire, moi qui la connais bien, qu'au collège elle était connue comme le loup blanc, des histoires de toilettes avec des garçons prépubères, une harpie, une déchaînée, on les retrouvait traumatisés, perdus pour le sexe, quasi castrés, il paraît même que dès la primaire il y avait quelque chose qui clochait, qu'on se méfiait, qu'on lui avait donné un surnom, une

chose atroce pour une enfant, mais que, visiblement, elle méritait et — Non, justement, une
excitée sur le tard, un rapport très distant avec
le sexe pendant des années, dépucelée on ne
sait quand et par on ne sait qui, dépucelée par
désespoir sans doute, certains disent que c'était
à l'occasion d'un pari, d'autres disent qu'insup-
portée d'attendre, moquée par ses amies, elle a
payé, et donc aujourd'hui elle décompense, c'est
évident, elle se venge en un sens, — Une voix
plus aiguë affirme alors que Jeanne, quarante-
trois ans en février prochain, jamais mariée et
incasable, a subi un trauma, dans l'enfance, des
attouchements, peut-être même un viol, on n'est
pas bien sûr, quelqu'un de la famille dit-on, ça
expliquerait tout, — Enfin tout ça pour dire,
poursuit une voix précédente, qu'avec l'âge ça
ne s'est pas arrangé et que la terreur du collège
a développé une sexualité rapace, car elle n'est
rien moins qu'un oiseau de proie qui tétanise sa
victime, les hommes sont réduits à l'état de ger-
billes incapables de fuir, ce n'est pas qu'elle soit
belle, c'est, — Et l'hystérie, vous y avez pensé
à l'hystérie, parce qu'on a beau dire, mais les
hystériques, c'est une réalité, et cette femme-là
en fait partie, il n'y a qu'à voir comment, — On
peut sans doute parler d'un léger déficit men-
tal, avance une voix immédiatement recouverte,
— En fait, elle a peur, c'est évident qu'elle a
peur et il est même probable que cette sexualité

déchaînée ne soit qu'une couverture pour dissimuler une autre sexualité, non assumée celle-là, une tendance homosexuelle sans doute, — Les repas de famille sont devenus un calvaire, même là, elle est dans la provocation, elle titille un oncle, elle en titille un autre, et ils sont si gentils qu'ils n'osent rien faire, rien dire et prétendent ne rien entendre quand elle tient des propos qui ne devraient pas avoir leur place à table, et encore moins à une table familiale. Comme elle est maligne, elle procède par allusions, ce n'est jamais direct, mais quand on connaît ses agissements, ça devient évident. Seulement, elle peut toujours s'abriter derrière sa fausse ingénuité. — Mais bien sûr, continue la première voix, imperturbable, l'ophtalmo s'en aperçut, il avait évidemment des maîtresses, on dit d'ailleurs qu'il devinait les fesses d'une femme à son fond d'œil et que son jugement était infaillible, il avait écarté bien des jambes à l'issue de ses consultations, et même de très chastes, mais il ne supporta pas l'idée que sa femme écartât les siennes pour d'autres et devint fou en découvrant ces tromperies à échelle industrielle, tout s'effondra sur son passage et elle plongea, un divorce qui la laissa sur la paille, une traversée du désert, une vallée de larmes, un chemin de croix, un calvaire, une descente aux enfers, un temps elle crut trouver refuge dans la religion, elle a bon dos la religion, bon dos, mais de là à être la solution miracle aux tares des uns et des autres... Elle a joué aux petites saintes, elle s'est calmée un temps et, comme il fallait s'y attendre, ça l'a reprise de plus belle, que voulez-vous, c'est plus fort qu'elle.

Le volume augmente avec l'excitation, les voix s'éraillent, se répètent, reprennent leurs discours en des boucles toujours plus brèves, réduites à quelques mots frappés sans relâche, mais aucune n'a encore dit le mot qu'elles attendent toutes, celui autour duquel elles tournent en cercles toujours plus serrés, le mot qu'aucune n'ose lâcher mais dont on sait qu'il surgira, le mot dont on voudrait être l'auteur courageux tout en frémissant devant le risque, le mot qui soudain fuse à un bout de la pièce, on se déboîte le cou pour découvrir d'où vient l'audace, mais déjà le mot a fait onde de choc, libre de droits, il est repris par tous, Nymphomanie! Voici l'inconnue qui résout l'équation. Les voix se jettent hors d'elles, nymphomane, Jeanne, nymphomane, nymphomane de vingt-deux, trente-six ou quarante-trois ans, nymphomane rousse, brune, bleue, nymphomane 95D, nymphomane de compétition, poids plume ou poids coq, nymphomane à l'heure d'internet et de la mondialisation, nymphomane petite-bourgeoise ou nymphomane de la haute, nymphomane morphinomane, maniaco-nymphomane, nymphomane génétiquement modifiée, nymphomane de tout temps — sa mère était comme ça, sa grand-mère aussi, les chiens font pas des chats, et si l'on pouvait remonter à l'Âge de pierre, on trouverait sans doute une forniqueuse des cavernes, une choureuse d'australopithèques, brisant les foyers au silex, nymphomane, Jeanne, ou nympho, c'est selon : nymphomane, une sexualité sans plaisir, une pathologie triste, nympho, une baiseuse, une dingue du cul, une jouisseuse, une goulue. Le rythme s'accélère, les explications s'atomisent, les adjectifs détruisent les constructions grammaticales : tarée, vulgaire, séductrice, perverse, malade, les mots s'entre-dévorent, pétass-préda-e-paum-trice-déverg-dégling-allu-fo-uée-chie-lle-hyst-ondée-pu-meuse-ée-nne-érique-te-salo, mais l'ascenseur s'ouvre et Jeanne en sort.

La foule fait silence, guette une fermeture approximative, un bouton dispersé.

Jeanne passe.

Plus tard, lorsque le hall est à nouveau désert, l'homme descend à son tour, par l'escalier.

Il a le maintien d'un notaire, mais c'est avec une excitation adolescente qu'il lui confie qu'il n'est jamais allé à l'hôtel avec une femme. Jamais en journée, précise-t-il après réflexion.

La chambre a deux lits simples. Jeanne s'étend entre eux, dos contre la moquette ; l'homme s'agenouille de part et d'autre de ses hanches ; elle lui ôte veste et chemise, déboutonne son pantalon, libère son sexe et le branle.

Elle brise légèrement son poignet, place sa main aussi haut que possible, laisse le gland buter contre son visage, serre, agrandit son geste. Quand il jouit dans l'arrondi de sa joue, il s'immobilise, stupéfait, comme si ce qui vient de se produire n'avait rien à voir avec lui.

Elle quitte la chambre, joue rougie par le grain du papier toilette fraîcheur eucalyptus.

Le sexe était très long, parfaitement tubulaire. Les couilles, petites, semblaient ligotées à sa base, elles accompagnaient le mouvement sans jamais l'amplifier. Aucun poil ne troublait l'élancement des lignes. L'homme semblait fier de cette épure.

La devanture de Secret d'Alcôve est plate et luisante. Pas d'avancée ni de retrait, pas de tenture ou d'auvent : elle s'en tient strictement à la ligne de façade de l'immeuble. Dans la vitrine est agencé un théâtre de poupées et de mannequins troncs. Des tissus moulent ou voilent les corps métallisés — légers comme des ballons gonflés à l'hélium, lisses comme des carrosseries. Les matières sont chatoyantes, poudrées ou vaporeuses et leur contraste avec les poses heurtées des mannequins qu'elles revêtent dégage un discret malaise.

Secret d'Alcôve appartient à une chaîne qui s'enorgueillit de compter 60 % de femmes et de couples parmi ses clients. À l'approche de Noël, la vitrine se peuple de plumes et d'effets de fourrure. Ceux qui passent sur le boulevard y jettent un œil, mais sans tourner la tête ni ralentir le pas. Les visages s'enfoncent dans les écharpes, les conversations suivent leur cours. Ce n'est pas que le magasin effraie ou choque, c'est qu'il se laisse oublier. À peine le voit-on qu'il est déjà un souvenir.

Quand, par un matin fade, Jeanne entre dans la boutique du boulevard, elle découvre un univers étincelant. Des reflets s'enflamment, flottent, puis se brisent. Les boîtes en plastique ont le brillant dur des cristaux, leurs arêtes concentrent la lumière en lignes tranchantes et les articles qu'elles protègent disparaissent dans un miroitement imprécis et désirable. Jeanne progresse en plissant les yeux. Le sol lui-même semble verglacé. Quelques vendeuses y glissent en froufroutant, leur regard sourit et leurs lèvres passées au gloss rappellent l'alliance du vulgaire et de la bonne santé caractéristique des années 1990. Elles sont attentionnées et viennent au secours des clients qui titubent çà et là, maigres oiseaux pris dans la lueur des phares. Les vendeuses restaurent les repères de chacun. Elles s'emparent sereinement des articles qu'on n'osait toucher, elles les manipulent avec dextérité. Entre leurs mains, les reflets s'apaisent, les sortilèges étincelants desserrent leur emprise et les objets semblent enfin accessibles. Elles incitent à l'achat en termes simples. Elles parlent de rapport qualité-prix, de praticité, d'efficacité, de précision technique. L'argument de vente décisif consiste à associer sex-toy et bien-être. Pour cela, les vendeuses évoquent des études.

L'étude américaine sur le point G, l'étude canadienne sur l'orgasme prostatique, l'étude japonaise sur les terminaisons nerveuses du clitoris. Aux débutants, elles relatent l'étude récemment publiée par *The Lancet*, qui démontre que la masturbation a le même effet relaxant que trente minutes de ratissage d'un jardin zen. Le nom de la revue scientifique fait son effet. Il a déjà été entendu, quelque part, à la télévision ou à la radio, on le sait gage de sérieux — britannique qui plus est.

Celui-ci devrait être remboursé par la sécurité sociale, rit une vendeuse à l'adresse de Jeanne. Entre ses mains, un objet ovoïde, bleu canard, à l'air doux. Par des gestes sinueux, la vendeuse redouble le profil de l'objet; accompagnant la main, la voix s'engage dans des considérations traitant de matières souples et de design minimaliste. Elle souligne la forme, qui n'a plus rien d'explicitement sexuel, mais s'apparente à une pure harmonie de courbes et de contre-courbes. Libéré du réalisme, le sex-toy devient bel objet. Il est recommandable et peut vivre au grand jour — rien qui dépare sur une console de bois laqué.

À pas discrets, une femme s'est jointe à la conversation. Tête penchée, elle acquiesce et soupire quand le propos touche juste. Elle regarde Jeanne avec l'œil mouillé d'une dévote assistant au baptême d'un nouveau-né. Elle tend une main multiplement baguée vers le sex-toy et murmure, Il est formidable, il ne m'a jamais déçue.

Jeanne n'écoute plus, une pulsation rose et bleue martèle le revers de son crâne : néons saccadés, zone sexuelle sanctuarisée, obscénité revendiquée.

Projection Vidéo — Grand choix — Peep Show — Poupée Gonflable — Cabines — Poppers — Prix Choc — Nu intégral — DVD — Gadgets — Sexy Lingerie — Cuir — Latex — X : des mots portés haut hérissent la rue Saint-Denis, le quartier Pigalle ou la rue de la Gaîté. Pas de brillances délicates, mais des néons qui crient leur lumière et, sur les vitrines, des autocollants fluorescents — flèches, bulles, étoiles, éclairs et explosions — qui structurent l'offre selon des diagrammes explicites. Les entrées sont barrées par des rideaux de velours rouge, bleu ou noir.

Depuis le terre-plein central du boulevard de Clichy, en poste sous les platanes, Jeanne observe. La plupart du temps, il ne se passe rien et les néons s'épuisent en vain, illuminant des visages qui leur demeurent indifférents.

Mais, de temps en temps, quelqu'un entre — un coude bref dans une trajectoire rectiligne, une déviation si brusque que rien ne semble l'avoir anticipée, l'entrée dans le sex-shop se donnant les airs du coup de tête, de la résolution que rien n'annonçait et qui déjoue les pronostics.

Et, de temps à autre, quelqu'un sort — le spécimen trop vivement projeté dans le vacarme de la rue oscille sur le seuil, cligne des yeux, indécis quant à l'attitude à adopter et pas tout à fait certain d'avoir envie d'aller là où on l'attend. Mais le temps de l'hésitation suffit à lui restituer un âge, un sexe, une catégorie socioprofessionnelle, une famille, des amis, des projets et des tâches — toutes choses oubliées à l'entrée du sex-shop. Retrouvant ses contours, il se glisse dans la ville et s'éloigne, réglant progressivement son pas sur celui de son existence.

Ces retours à l'identité se font toujours mains dans les poches. C'est le geste banal qui sert d'antidote à l'inavouable. Plus les poches sont hautes — fendues dans un blouson ou proches de la poitrine —, plus forte est la dénégation qu'elles formulent. Les mains fourrées dans les poches avant d'un pantalon font comédien; celles qui gagnent les poches arrière confèrent un air de dégagement qui ne vaut que si le visage s'y conforme — autrement, elles sont les deux indices qui trahissent le crime; les mains qu'on planque dans les poches d'un manteau long demeurent suspectes, car, à travers la doublure de flanelle, elles pourraient bien agripper un sexe encore trop vif.

Quelques femmes sortent aussi, mais jamais seules. Le plus souvent, elles sont au bras d'un homme qui, d'une main, tient un sac, et dont le visage respire la certitude de soi-même ainsi qu'un sens aigu de la propriété. Parfois, elles sont en bande, pouffantes et roses, ivres du délire joyeux de leur transgression. Si elles croisent le regard de Jeanne, elles se touchent du coude, se passent le mot, s'immobilisent, haussent le cou pour mieux la voir — lointaine et imprécise, sous les platanes — et s'éloignent en jetant des coups d'œil inquiets derrière elles. Les hommes, eux, ne la remarquent jamais. Ils sont trop préoccupés par leurs poches.

Jeanne découvre aussi une catégorie spécifique : l'agglomérat touristique. Fraîchement descendu du car garé non loin, l'agglomérat s'avance à grand bruit et entame un examen minutieux et hilare de la vitrine. On s'interpelle, on se tire par la manche, on pointe du doigt mots et signes incongrus. Le rire soude le groupe. Comme leur cohésion est à ce prix, les touristes ont abandonné leur être sexuel. Ils l'ont laissé dans le car avec leurs bouteilles d'eau, leurs barres de céréales et les objets de valeur que le guide leur a conseillé de ne pas garder sur eux. Ainsi délestés, ils parlent du sexe comme s'ils causaient d'une aventure ridicule qui n'arrive qu'aux autres. Quand ils ont épuisé les ressources de la devanture, ils entrent à petits pas, en file indienne, le dos légèrement courbé quand ils passent sous le rideau, peureux et survoltés à la fois, comme s'ils s'engageaient dans une maison hantée de fête foraine. Quelque temps plus tard, ils sortent, victorieux, et l'agglomérat se reconstitue sur le trottoir en une compacte accrétion de doudounes pastel. Ils ont acheté, mais pas pour eux : ils ont fait des cadeaux. Chacun plonge le nez et la main dans le sac de l'autre, découvre ses achats, les saisit, les extirpe, les présente au groupe, les tâte, les tourne, les retourne et rit aux éclats. Par cette fouille joyeuse, le groupe vérifie que ses membres ont choisi leurs articles par dérision et qu'aucun n'a profité du moment pour assouvir un désir que les autres ont fait taire par conscience collective. L'inquiétude est perceptible, et les acheteurs dont on vérifie les sacs rient plus encore que les autres pour attester leur éloignement d'avec les choses sexuelles.

Quand les suspicions sont retombées, le groupe reprend la direction du car et poursuit son séjour parisien, ses sacs bourrés de dés coquins et de bunnys rigolos, mais préservé du stupre. Étape suivante, Montmartre.

Le sexe de l'homme a une odeur qu'elle n'aime pas. Il est arqué, gland très rouge et veines vertes, vindicatif, visiblement propre, mais son odeur vanillée l'écœure. Elle l'éloigne de son visage et le dirige vers son ventre, l'homme remonte en deux coups de genoux. Nouvelle tentative ; nouvelle remontée ; nouvelle tentative ; nouvelle remontée, plus véloce encore que les deux premières.

Bien sûr, il y a tout ce qu'on ne dit pas de Jeanne.

Sa garde-robe, que l'on pourrait décrire;

ses objets techniques (modèle de son téléphone et de son ordinateur, possession ou non d'un grille-pain, d'une télévision, d'une chaîne stéréo, d'une imprimante laser ou à jet d'encre, etc.);

ses babioles (sacs en cuir achetés aux puces, photographies, animaux de compagnie vifs ou empaillés, souvenirs de voyages);

ses pratiques (café ou thé le matin, goûts alimentaires, loisirs du samedi, stratégies d'occupation du dimanche soir);

ses rapports aux objets techniques plus haut cités (fréquence, durée et destinataires des appels téléphoniques, fréquence, format et destinataires des SMS, usage ou non de l'appareil photographique intégré ou non à son téléphone, écoute de la radio ou visionnage de la télévision (le cas échéant: quelles chaînes et sur quelles tranches horaires), éventuel piratage de produits audiovisuels, lecture ou jeu sur tablette, achat ou vente de biens en ligne, usage des réseaux sociaux ou des applications de drague avec géolocalisation);

son travail, dont la description serait l'occasion de préciser combien les horaires et les revenus qu'il lui offre conviennent à son mode de vie, l'autorisent et, en dernier ressort, assurent sa crédibilité. Les professions offrant les justifications les plus imparables seraient celles qui permettraient à Jeanne de travailler chez elle à des horaires choisis : on la dirait graphiste, illustratrice de livres pour enfants ou journaliste freelance. Elle travaillerait alors dans un lumineux appartement — murs blancs, orienté plein sud, belle hauteur sous plafond, vue sur les arrangements de zinc des toits de Paris, aménagement fonctionnel et moderne, décoration témoignant du goût caractéristique des classes créatives.

Mais Jeanne pourrait tout aussi bien être professeur, puisque le professeur travaille peu et présente des qualités depuis longtemps éprouvées par le genre romanesque qui en a fait le fluide capable de donner corps aux personnalités les plus incertaines. Professeur dans une université de province, elle prendrait régulièrement le TER, grouperait l'ensemble de ses cours sur deux journées, passerait la nuit aux Citadines ou dans un pied-à-terre prêté par un collègue. Professeur à la Sorbonne, elle serait prétexte à décrire les monts et les vaux du quartier Latin, la vie de café, les lourdes portes qu'on pousse sur de studieuses bibliothèques, l'être-là prestigieux et central du professeur en son amphithéâtre. Son appartement, bien sûr, en serait modifié. Il serait ombreux et boisé — parquet en chêne, plafond avec poutres apparentes, tapis persans et mobilier d'antiquaire. La nuit venant, elle y allumerait des lampes aux abat-jour opaques. Leurs faisceaux restreints illumineraient des livres ouverts et annotés, des boules à neige utilisées comme presse-papiers, des stylos, des trombones, une collection de cadres minuscules. Le reste de l'appartement demeurerait plongé dans une obscurité qui ne serait jamais inquiétante, mais moelleuse et propice aux pensées hautes. Les bruits de l'extérieur viendraient mourir devant sa porte.

Toutefois, par-delà ses multiples avantages, la solution professorale a ses contraintes. Ainsi, l'incontournable relation sexuelle entretenue par le professeur avec un ou plusieurs de ses élèves, chou gras dans lequel tout lecteur de roman de professeur espère croquer. Placé au début ou au centre du récit, l'événement marque généralement un moment de bascule et lance le personnage sur une pente glissante. Si elle permet des remises en question aux prémisses sexy, la relation maître-élève a tôt fait de charrier des spectres psychanalytiques absolument encombrants — le complexe incestueux n'étant pas le moindre. Le professeur est une facilité narrative autant qu'il est un risque aux conséquences potentiellement catastrophiques dans le cas d'un récit qui prend pour objet principal la vie sexuelle de son héroïne.

Jeanne ne sera donc pas professeur. Pas plus qu'elle ne sera graphiste, illustratrice de livres pour enfants ou journaliste free-lance. Elle ne sera pas non plus écrivain.

Il n'y aura pas d'envers du décor car les chambres d'hôtel ne sont pas une scène ; pas de coulisses, dans lesquelles Jeanne abandonnerait son être quotidien pour ajuster un costume exceptionnel. On ne la surprendra pas, absorbée dans les hésitations de l'essayage, gainant, moulant, décolletant, affermissant, fuselant un corps tenu à l'œil.

Ce corps, comme les objets qui l'entourent, comme le statut qui l'anime, on n'en distingue pas les contours. Est-il de ceux qui changent et qu'on voit surgir, quelques années plus tard, sous une forme autre — épaissie ou affinée —, avec un teint, une coiffure et une attitude qui ne sont pas ceux qu'on leur connaissait ? Est-il, au contraire, de l'espèce rare des immuables, ceux où l'enfant persévère dans l'adulte tout autant que le second était déjà visible dans les bégaiements du premier ? Est-il frappant ou anodin ? Est-il justement proportionné ou présente-t-il ces écarts dans lesquels réside parfois la beauté d'une silhouette et souvent son échec? Jeanne est-elle belle ou est-elle bonne? Son corps est-il bruyant? Comment sa peau absorbe et renvoie la lumière? Ses cheveux et ses yeux se répondent-ils dans une unité de brun ou contrastent-ils, bougé de blond et de noir, de châtain et de bleu, de roux et de gris? Quelle est sa démarche et quel est son port? Cache-t-elle son rire de sa main, l'étouffe-t-elle dans sa gorge? Éternue-t-elle en un souffle ou dans un éclat? Quel est le rythme de sa respiration? Quelle est l'odeur de sa transpiration, et quelle est celle de son haleine? Sa bouche est-elle sèche ou humide? Quel est le goût de son sexe?

Le visage de Jeanne clignote au rythme des néons. La voici bleue, puis rose, puis jaune, puis bleue. À force de se plaquer aux vitrines, ses pensées s'y condensent — d'abord fine buée, bientôt gouttes lentes, qui suintent, poissent et coulent sur le trottoir en une flaque épaisse et électrique.

Elle part.

Elle revient.

Les néons absorbent les jours finissants et uniformisent les nuits : d'hiver ou d'été, elles sont identiques, traversées par une même pulsation, obnubilées par ces exclamations colorées qui rendent le ciel plus opaque et plus noir — plan abstrait, toutes étoiles ravalées.

Des bourgeons s'enroulent aux branches des

platanes; puis des feuilles, d'un vert élastique, s'étirent, blanches nervures en extension, et, un jour, le vert lâche, se recroqueville, ocre, craquant, pointes brunes en aiguilles; les feuilles se crispent,

tombent.

Enfin, un après-midi, à Pigalle, elle entre.

Situé dans une rue de pavés et de bacs à fleurs, répondant à l'inexplicable nom de Sex-shope, le lieu présente une porte qui prévient, Tirez fort. Configuration rassurante, l'endroit énonce ses règles, il évite au néophyte la honte du faux pas, de l'empêtrement dans le ressac d'un rideau sans issue, de l'entrée en scène titubante et burlesque. Jeanne, donc, tire fort, et la porte s'ouvre ; une relation de confiance s'instaure.

Papier d'Arménie, moquette épaisse, musiques du monde à qui mieux mieux, lumière rougie, présentoirs violines ; des regards se tournent, alertés par le chuintement des gonds, et se détournent avec inquiétude ; des objets sont reposés, des pas s'éloignent, s'abritent au fond du magasin, tandis que l'intruse progresse.

Jeanne passe outre les gadgets en fastueuses pyramides : nouilles en forme de pénis, bonbons-tétons, jeux de cartes Kâma Sûtra ou lubrifiants pomme-vanille.

Elle s'attarde un instant devant les accessoires : lingerie, menottes et déguisements fantaisie.

Encore quelques pas, et elle parvient à l'espace sex-toys. Cette fois-ci elle s'arrête, se place face aux rayonnages, cherche la distance juste pour disposer d'une vue d'ensemble. À hauteur d'œil : les boules de geisha, les godemichés medium, les lapins, les canards. En s'approchant des sommets, les étagères prennent des allures d'armurerie. Le plastique se hérisse de métal et les dimensions augmentent : c'est le domaine de l'extra-large. Après avoir saisi l'organisation générale du territoire, Jeanne se rapproche, avance la main, incline la tête et commence de fouiller dans les étagères.

Les silhouettes calfeutrées depuis son entrée n'ont pas reparu. Hormis le tapis musical et les jingles qui l'interrompent à intervalles réguliers, le magasin plane dans un calme parfait. Jeanne est l'unique point d'agitation de la pièce. Elle se baisse, se relève, fait un pas de côté, se dresse sur la pointe des pieds, se contorsionne pour attraper un article lointain, tous ses membres participent à l'effort, jusqu'à sa tête qui tangue de droite à gauche, hésite, s'immobilise, plonge. L'entassement des articles est si dense que l'effondrement menace chaque fois qu'elle y fouille. De sa main libre, elle prévient les chutes.

Lentes, silencieuses, les silhouettes sortent de l'ombre. Avec une méfiance de murènes, elles évitent les alentours de Jeanne. Son effervescence demeure solitaire et incongrue, un bouillonnement dans une eau de plomb. La porte chuinte à plusieurs reprises : certains préfèrent s'en aller tandis qu'elle a le dos tourné. D'autres passent tout de même en caisse. Ils payent en chuchotant et partent après avoir serré la main du vendeur qui s'excuse muettement pour la gêne occasionnée.

En quittant le Sex-shope, Jeanne hésite, fixe le ciel un peu trop bleu, les géraniums un peu trop rouges, les façades serrées frileusement les unes contre les autres. Au bout de la rue, le boulevard rompt l'immobilité des choses. Parc-brise et rétroviseurs surgissent en flashes, les feuillages s'accrochent dans la lumière et s'y débattent comme dans un dôme de verre. Jeanne enfonce les mains dans les poches de son manteau et s'éloigne vers le métro. Un sac en plastique blanc frotte contre sa jambe — à l'intérieur, un sexe en silicone glissé dans un carton violet à fenêtre transparente.

Des bulles d'air se forment. Des images remontent et explosent en surface.

L'homme qui, vers 17 heures en hiver, alors qu'elle ferme les yeux en sentant son gland à l'entrée de son sexe, lui dit, Ne simule pas.

Celui qui, dans sa précipitation, arrache un bouton de son chemisier, le ramasse, le garde serré dans sa main pendant qu'il la pénètre, puis le range soigneusement dans son portefeuille.

Un frottement de velours contre l'intérieur de ses cuisses : l'homme n'a pas voulu ôter son pantalon et se contente de faire glisser son sexe par la fente de sa braguette.

Celui-ci, posté à la fenêtre de l'Ibis Paris Berthier Porte de Clichy, pointe une à une les constellations qu'il voit paraître au ciel et celles qu'il n'y voit pas mais qui devraient y être. Cassiopée, Orion, Persée... Sa voix frémit tandis qu'il coule des œillades calculées vers le lit, sans comprendre que, malgré son caractère stellaire, le charme de sa litanie est équivalent à celui d'une récitation des tables de multiplication.

Cet autre qui lui plaque la main sur la bouche, pour l'empêcher de pousser des cris qu'elle n'avait pas l'intention d'émettre.

Un, le dos rond, occupé à se branler sur le bord du lit.

Un autre qui appelle sa femme depuis la couette pour lui souffler que la réunion s'éternise : qu'elle fasse comme bon lui semble pour le menu du soir.

Le décalque d'un marcel blanc qui transparaît sous une chemise raide, blanche elle aussi.

Une aisselle, poils perlés de sueur où la lumière électrique joue par éclats. Jeanne fixe le clignotement de la délicate guirlande jusqu'à ce qu'un mouvement plus ample fasse chuter une gouttelette sur sa joue et une autre au coin de son œil. L'homme jouit et lui demande si elle pleure.

Le frisottement pétrifié d'une chevelure gominée.

Des hanches fines, fuyant sous la taille comme une queue de sirène.

Un téton rose et pâle, enfantin repli de chair sans aréole.

La profondeur soudaine d'un iris brun, où plonge la lumière.

Des lèvres retroussées sur deux rangées de dents compactes et serrées comme une fermeture éclair. Incisives, canines, prémolaires, toutes taillées à l'identique.

Jeanne ne s'inquiète pas de la survenue de ces images anciennes ou récentes. Il n'y a pas de logique cachée dans leur chorégraphie et à peine sont-elles libérées que la drastique réduction opère. Les visions excédentaires se dissolvent et le palais retrouve son calme. N'y demeurent que les sexes avidement contemplés et, dans les couloirs aux angles brusques, les pas de Jeanne résonnent à nouveau en toute solitude.

Elle s'est confiée à des amis. Passé les premiers étonnements, les « raconte » encourageants et les regards brûlant à la flamme de détails à éclaircir, aucun n'a résisté à la tentation du diagnostic : voix qui reprend les faits par le menu, qui claque à l'énoncé des articles de lois afférents, et s'ouvre plus encore, s'évase, roule de tambours quand elle se précipite vers le verdict — plaisir du jugement.

Tous joignent un geste à la parole.

Les amies se tiennent le lobe de l'oreille droite, se touchent les cheveux, secouent la tête quand elles écoutent et lorsqu'elles parlent, leurs mains fines aux longs ongles vernis improvisent, à l'appui du propos, une gestuelle spiralée qui tient à la fois de la science rhétorique et de la parade de séduction.

Les amis abattent l'avant-bras sur la table et, de la tranche de la main, balayent la nappe avec une régularité d'essuie-glace, comme pour

rassembler les péchés de Jeanne en deux rem-
blais latéraux.

Quand il s'agit d'énoncer la peine, tous les
gestes s'immobilisent. La rigueur est de mise,
rien ne doit interférer avec la droiture de la
parole qui choisit, pour s'exprimer, des termes
domestiques, car c'est évident, Jeanne doit se
ranger, mettre de l'ordre dans sa vie, faire place
nette, passer un grand coup de balai, arrêter de
fréquenter ces ordures, cesser de se comporter
comme une traînée. Le couperet des jugements
tombe et son bruit sec dit combien les amis de
Jeanne sont assurés lorsqu'il s'agit de distinguer le propre du sale, l'ordre du désordre, eux
d'elle. Ils tirent au cordeau des relations de cau-
salité et des schémas explicatifs. Ils découvrent
des causes premières. Ils mettent au jour les
structures qui ne peuvent que lui échapper
puisqu'elle n'a pas la distance nécessaire pour
saisir le fonctionnement de ses propres récits
intimes.

Au sortir de ces rendez-vous, Jeanne a les bras
chargés de mille et un états civils et ses amis ont
le teint plus vif qu'à leur arrivée. Ils ont vécu
plus fort pendant quelques minutes, ils ont
percé des secrets, ont exercé leur fibre psycho-
logique, ont aidé une femme en détresse.

L'amie d'enfance lui a conseillé de s'inscrire
sur un site de rencontres sérieux ; l'amie qui
a épousé un sexologue lui a donné le contact

de quelques spécialistes et lui a recommandé d'intégrer un groupe d'entraide DASA ; l'amie de tout le monde lui a proposé de l'héberger quelques jours dans sa maison de campagne ; l'ami adepte de la paternité lui a dit que devenir parent, c'est capital ; l'amie rencontrée par hasard a estimé qu'il fallait absolument se revoir et prendre le temps d'en parler tranquillement ; l'ami d'amis lui a demandé pourquoi elle croyait nécessaire de lui parler de ça.

Tous sont ragaillardis d'avoir donné leur avis, mais surtout, ils vibrionnent d'une histoire transgressive à raconter — Chéri, tu sais ce que m'a raconté Jeanne aujourd'hui ? — Entre les lentilles et le yaourt, l'effrayant récit — Tu le gardes pour toi, bien sûr ? — saura réunir le plus déliquescent des couples et offrir à ses membres un moment de communion. Chacun y reconnaîtra l'image des pulsions qu'il a courageusement vaincues pour devenir l'individu normalement constitué qu'il incarne à présent. Sous la lampe de la cuisine, l'homme et la femme se congratuleront de ces combats menés et de leur réussite. Ils retrouveront l'élan de leurs bavards débuts. Une fois le dîner mangé, la table débarrassée et la vaisselle alignée dans l'égouttoir, ils retourneront à leurs occupations. Il s'assurera qu'elle ne peut l'entendre tapoter sur son téléphone, elle décidera de faire le ménage dans ses boîtes d'envoi et de réception. De temps à autre, un Tu m'aimes ? minimisera les dimensions du silence. Ce sera le moment d'échanger un regard, un sourire, un geste dans lesquels chacun constatera la béate ignorance de l'autre.

Jeanne choisit de taire ses confidences et ment. Elle joue des masques qu'on lui fournit. Elle se conforme pour mieux disparaître.

Elle ment à l'amie d'enfance, à l'amie qui a épousé un sexologue, à l'amie de tout le monde et à l'ami adepte de la paternité, à l'ami d'amis. Elle aimerait mentir à l'amie rencontrée par hasard, mais tombe directement sur sa messagerie.

Au fil des mois, elle développe son scénario. D'abord elle arrête les frais ; puis elle se range ; cherche quelqu'un, trouve quelqu'un, s'installe avec quelqu'un. Les amis se disent ravis. Une infime déception est toutefois perceptible : perdre, si rapidement, un cas aussi croustillant, ne peut aller sans regrets. À cet homme imaginaire, Jeanne donne un prénom, un métier et un caractère. Elle décrit leurs adorables disputes, évoque leurs plans pour le futur — Oui, ils se projettent ; oui, ils ont prévu un grand voyage cet été —, et voilà maintenant qu'elle est fiancée. Certains amis commencent à se méfier, d'autres sont emballés. Elle rougit quand on la traite de cachottière, promet d'organiser des présentations qui ne viennent jamais. Quand elle annonce que le mariage a eu lieu dans la plus stricte intimité, elle n'a presque plus d'auditeurs et ceux qui restent ne font pas semblant de la croire.

La chambre se solidifie en un bloc de silence. La lumière a disparu. Les contours n'apparaissent qu'après avoir infusé longuement la pénombre. Par contraste, le drap est si blanc qu'il éblouit.

La présence lourde et tassée se dégage lentement du vide. Corps caverneux, veiné de lichens, corps stagnant, pris dans sa propre masse, forme de vie des premiers temps.

Quelque part dans la pièce, affleurent les yeux de l'homme — deux pierres immobiles qui fixent la nuque de Jeanne.

Vrrrrrrrrrr-clic-silence, les bruits de la rue reviennent peu à peu — un klaxon, le soupir d'un bus, quelques appels; un rayon de soleil passe sur sa bouche, elle remue la jambe et sa cheville rencontre un corpuscule froid; elle se relève sur les coudes; matelas mis à nu et drap à marée basse; échoués çà et là, des crustacés technicolor, rose fuchsia ou vert fluorescent.

Plusieurs visites au Sex-shope ont incité Jeanne à quitter les frontières de l'anatomie masculine pour découvrir des sexes OVNI. Ceux-ci occupent maintenant la moitié de l'étagère. Leur arrangement rappelle les vitrines de musées d'archéologie visités par des étés trop chauds. Là-bas, ventres d'amphores, cols d'alabastres, cratères en calice ou éperons de trirèmes. Ici, l'incontournable vibromasseur rabbit multi-rythmes à tête rotative; le godemiché ergonomique avec picots en silicone; les boules de geisha à surface striée et cordelette d'extraction souple; le doigt chinois; le gode en latex extensible et gonflable livré avec la poire qui permet d'en moduler le diamètre à volonté; l'œuf vibrant; le canard vibrant; la banane vibrante au design ludique; le vibromasseur wild rabbit puissant et silencieux dont le museau et les grandes oreilles offrent des points de saillie conçus pour un plaisir plus intense; le gode réaliste muni d'une ventouse robuste qui adhère à toutes les surfaces planes de la maison; le mini-vibromasseur compact pro accompagné de quatre embouts interchangeables picots serrés, picots espacés, nodules et bout lisse arrondi; le simulateur de sexe oral le plus sophistiqué du marché pour des sensations inédites; le vibromasseur réaliste, incurvé point G, triple stimulation pour un triple plaisir; la bague vibrante en silicone avec bouton argent, qui permet un massage délicieux des zones préférées; le gode vibrant monté sur coussin gonflable assurant souplesse et stabilité; la culotte vibrante pénétrante avec sangles élastiques garantissant de somptueuses sensations clitoridiennes ainsi qu'une délicieuse stimulation vaginale; le gode réaliste « Big Max » souple et lisse avec testicules, la douceur alliée à la flexibilité pour une intensité inouïe; et jusqu'au masturbateur « Fuck my hard cock » en Fanta Flesh, peau noire, veloutée, veinée, couilles architecturales, vestige massif planant sur la cohue des objets et couvrant leur chahut de son ombre.

Elle a d'abord été une collectionneuse abstinente, elle n'a touché qu'avec les yeux et lorsqu'elle a décidé d'exploiter ses biens, elle n'a pas su comment s'y prendre. Elle a cherché des modes d'emploi mais n'a trouvé que des consignes d'hygiène. Elle a enfoncé son ongle dans la silicone et regardé l'empreinte en croissant de lune s'estomper à mesure que la matière reprenait forme, elle a senti les odeurs de plastique, a combiné des pièces détachées, inséré les piles AA et AAA, exploré les transparences, testé les vibrations en serrant les jouets dans sa paume et s'est accoutumée à ces bourdonnements tantôt continus et tantôt tressautants, a distingué ceux qui roulaient dans les basses de ceux, plus aigus, qui s'essoufflaient en prenant leur élan, elle a comparé diamètres et longueurs, a découvert des fonctions lumineuses, a fatigué son poignet en pressant maniaquement des poires, tout cela à distance, sans oser approcher les objets de son sexe, sans chercher à obtenir d'eux le moindre plaisir, mais seulement une dextérité préalable.

Un jour, elle est allée acheter du lubrifiant à base d'eau.

Elle a passé de longues minutes face à son armoire afin de composer un minutieux bouquet de sex-toys.

Elle a fait s'envoler les draps, s'est renversée

sur le lit, a allumé tous les objets qui exigeaient de l'être, a ôté l'opercule du lubrifiant et a commencé une exploration lente.

Les tissus se sont rétractés au contact de ce qui n'était pas une peau, sous le poids de surfaces trop froides, trop impassibles. Les nerfs se sont agacés de ces vrombissements sans rien d'organique. Elle a éloigné l'objet, l'a ramené lentement, puis l'a plaqué plus fort. Le sang a afflué, a gonflé les tissus, et doucement, l'objet s'est réchauffé, a semblé s'adoucir, mollir, se fondre dans sa jouissance.

Il a peur.

Quand elle a renversé la tête, il s'est approché, a posé son sac de courses à ses pieds, a demandé s'il pouvait l'aider, et peut-être qu'insidieusement il savait à quoi s'attendre, peut-être même qu'il espérait, sans trop oser y croire. Mais maintenant que tout est devenu réalité, maintenant qu'il suit cette femme, il a peur.

Elle ne fait pas rouler ses hanches, ne se retourne pas pour lui lancer des regards embrasés, n'applique aucune des conventions de l'érotisme.

Le sac de courses qu'il tient à bout de bras lui paraît de plus en plus lourd. À chaque pas, il a l'impression de s'enfoncer dans le sol. Il la suit pourtant; n'ose pas s'enfuir, pétrifié par la peur, mais aussi par l'espoir de voir reprendre la séquence érotique promise par ce plan d'ouverture : une femme défaille sous ses yeux, puis l'emmène dans un hôtel du boulevard où elle réserve une chambre double.

Il imagine une suite possible : ils sont seuls dans l'ascenseur, clapotis de musique d'attente, une langue brûlante contourne son oreille, une bretelle tombe, des mains admiratives parcourent son torse, des seins le frôlent, des fesses se cambrent pour qu'il juge au mieux de leur galbe, brusquement la femme appuie sur un bouton, stoppe la montée de la machine et plonge vers sa braguette...

Rêveur, il bande. Quand l'ascenseur arrive, il a réussi à se persuader que son fantasme avait valeur de prédiction et il s'y précipite, impatient que les portes se ferment et que commence le film. La femme appuie sur 5 et les étages défilent sur un écran à cristaux. 1er étage, la femme ne l'approche pas, ne le touche pas, ne lui parle pas, se tient comme en méditation, les bras le long du corps — pas de langue, pas de bretelle ; 2e étage, elle lève les yeux sur l'écran ; 3e étage, elle n'a pas bougé — pas de mains tâtonnantes, pas de seins surgissants ; 4e étage, elle ose un regard bref comme un pied dans l'eau froide — ni fesses, ni galbe ; 5e étage, elle se rapproche des portes qui bientôt vont s'ouvrir, qui s'ouvrent d'ailleurs, et elle sort.

Il reprend son sac, devenu plus lourd encore qu'au rez-de-chaussée. La femme est loin dans le couloir, son pas est rapide, son corps progresse sans hésitation ni gêne. Il s'extirpe de l'ascenseur.

Quand Jeanne introduit la clef dans la serrure, elle entend une voix qui, par-dessus son épaule, souffle, Je dois y aller, je suis désolé, au revoir.

Elle se retourne. Le jeune homme file à marche rapide vers l'escalier de secours. Un léger boitement l'incline vers la droite et le sac qu'il tient frôle le sol. Jeanne regarde sa nuque rasée, le plissement éléphantin de sa peau au niveau des coudes, son T-shirt noir frappé de l'inscription « Sex Instructor » en capitales jaunes.

Les couloirs voûtés enjambent un fleuve dont les courants se sont figés. Des capuches, des sacs portés haut et quelques enfants juchés sur des épaules surnagent. La crue s'est solidifiée en un empressement de corps immobiles. Impossible de gagner le quai, impossible de faire retraite vers la sortie. La respiration est le seul geste qui demeure praticable, mais l'air est si humide et si tiède qu'on a le sentiment de le boire.

Des voix synthétiques s'affolent dans des haut-parleurs invisibles — voyageur malade, trafic totalement interrompu dans les deux sens, compréhension, dès que possible, gêne occasionnée, remerciements.

Le nez et la joue de Jeanne sont pressés contre un anorak jaune. Elle observe en gros plan la structure réticulaire du tissu et la répartition de quelques gouttes de pluie, survivantes d'une averse matinale. Une à une, elles dégringolent. Jeanne lèche la plus petite et la plus ronde.

Contre sa langue, l'anorak a le toucher d'une pierre ponce. Elle y plaque son front. Le jaune se réchauffe, se liquéfie, s'écoule, tiède et épais comme un œuf qu'on perce. Jeanne s'y noie sans qu'on la remarque, poids mort porté par la densité massive de la foule. Le liquide l'engloutit, lui rentre par le nez et par la bouche quand elle tente de crier. Elle coule et les bruits disparaissent, elle distingue les voix qui annoncent la reprise prochaine du trafic, puis tout s'éteint. Elle cesse de résister, s'enfonce dans la tiédeur douceâtre, gagne les profondeurs. L'espace s'est amolli, le temps a disparu, jusqu'à ce que, soudain, elle heurte un tapis de cristaux frais et coupants. Les secondes battent à nouveau. Elle frappe du pied contre le fond. La douleur gicle, genou, cuisse, dos, cou ; elle brasse et bat, frénétique, croit s'enfoncer plus encore, mais la densité sombre s'éclaire, jaune, opaque, puis translucide, les contours se dessinent, fantômes difformes, elle progresse ; quand elle émerge, elle est sur le quai, la lumière est blanche et les voix se sont tues ; l'anorak s'engouffre dans un wagon, elle s'élance à sa suite, les portes se referment sur lui et elle reste sur le quai où les corps circulent maintenant sans se toucher. La tache jaune de l'anorak disparaît dans l'accélération de la rame.

Elle quitte l'hôtel Voltaire. Elle y a emprunté un lit, monté sur de hauts pieds de bois blanc, des fenêtres simple vitrage larges d'au moins un mètre cinquante, ainsi qu'un plafonnier. Cela pour meubler la prochaine chambre.

Quant au sexe dont elle emporte le souvenir, elle le dispose dans une pièce verdoyante où un rideau de toile filtre la lumière du jour. Elle ne sait à quel hôtel la tenture fut volée, mais l'image du sexe noir, à demi bandé, tirant vers le repos, s'y installe à merveille.

Madame, excusez-moi. Excusez-moi, madame. La voix en ritournelle alterne la structure de sa phrase et le placement des accents pour accroître ses chances d'être enfin entendue.

Mais Madame est semblable à un haut-relief qu'on aurait installé sur la banquette du métro : elle ne bouge pas.

On saisit son épaule, on la presse en y mettant les ongles. Dans un sursaut, Jeanne émerge de sa léthargie et découvre deux yeux alarmés et une bouche qui crépite, Excusez-moi, madame, pouvez-vous refermer votre sac s'il vous plaît ? La demande s'accorde si mal avec l'urgence du ton, que Jeanne se la fait répéter, et la répétition fuse, impérative, dans un chuchotement plus glaçant qu'un cri, Refermez votre sac.

Car le sac posé sur les genoux de Jeanne s'est vautré au gré du trajet, révélant son contenu aux yeux de tous et notamment à ceux, ronds et luisants, du gros bébé curieux que la femme en colère tient plaqué contre elle.

Le bébé se contorsionne, tend le bras, tord la bouche, écarquille les doigts, oublie de respirer tant il est concentré, pèse de tout son poids pour que cède l'étreinte maternelle. Il veut atteindre le jouet qui sort du sac de la dame.

La mère répète, Votre sac. Les mots suintent entre les dents serrées, la phrase s'amenuise.

Le joujou est un énorme godemiché à poire.

L'enfant, déjà, commence de crier, À moi!, en plongeant vers l'objet. Des têtes se tournent. La scène est vue. On échange des regards et des coups de menton; certains pointent le drame du doigt.

Jeanne referme le sac. L'enfant rage, tout de morve et de bave. Il éructe, RhhhhÀàààà MOIIIrrrrgg!, et laboure les cuisses de la mère qui agite sous son nez un doudou filiforme et blanchâtre censé compenser ses désirs inassouvis. Le doudou est foulé aux pieds.

Jeanne tente une caresse au gamin. Son geste meurt dans l'intervalle qui la sépare du petit corps rageur : la mère a confisqué l'enfant en le serrant si fort que les pleurs se sont étouffés dans un couinement. Les yeux enflammés, elle souffle, Ne le touchez pas!

Son existence se compose désormais comme un ensemble vide — sans noms, sans titres et sans définitions. Si un discours s'enroule autour d'elle, elle l'accueille, elle le laisse errer en quête de prises et de points d'attache, elle l'encourage dans son erreur. Lorsqu'il baisse la garde, certain de l'avoir emporté sans combat, elle l'entame. Filament après filament, lambeau par lambeau. Au matin, le discours a disparu, quelques reliefs gisent aux pieds de Jeanne.

Il y a bien un cahier dans lequel elle avait prévu de tenir un journal. Grand format, petits carreaux, spiralé, feuillets jaune citron détachables, une entorse à tous les principes esthétiques du journal intime. Incapable de trouver le premier mot qui fasse d'elle un récit, elle l'a laissé se transformer en un cahier de comptes et d'autres choses, terrain à l'abandon où pousse la mauvaise herbe. Elle y note ses dépenses, les tâches ou courses à faire, quelques dates. Dans les moments d'ennui, elle couvre les marges de dessins géométriques — emboîtements de vides et de pleins, striures appliquées, droites et courbes pénibles d'insignifiance. Parfois, l'adresse d'un hôtel ou le numéro d'une chambre flottent sur une page. Au dos de la couverture, sur le carton brut, est tracé un plan, vaste et compliqué, dont les limites sont incertaines. Les feuillets utilisés sont arrachés. Les bribes irrégulières qui restent accrochées aux spirales forment d'abrupts littoraux aux contours superposés.

Un temps, elle a cherché son alter ego dans les romans et a parfois cru l'y trouver. Elle a pisté les livres qui mettaient en scène la vie sexuelle de personnages féminins. Elle a lu les critiques enthousiastes qui recommandaient ces textes en les présentant comme autant de cartographies du continent noir, résultats d'explorations inédites perçant enfin à jour les mystères longtemps enclos du désir et du plaisir féminins. On promettait bien plus qu'un roman, on promettait la vérité.

Jeanne s'est plongée dans ces lectures. Dans chaque texte nouveau, elle a espéré trouver ce qui avait échappé au précédent. Mais le même schéma se déployait invariablement. À leurs débuts, les héroïnes étaient audacieuses et amorales ; les premières pages flamboyaient, la subversion faisait battre les lignes. Puis, le battement s'affaiblissait, devenait une infime pulsation qui déclinait à petit feu, jusqu'à l'arrêt complet de ses fonctions vitales : à mi-course, les héroïnes étaient définitivement changées en composés psychiques élaborés à des fins d'explicitation et le roman qu'on croyait libre et sauvage préférait s'ébattre dans un enclos de significations ultra-restreint où le sexe ne pouvait être autre chose qu'un symptôme, le signe d'un manque à combler, d'une angoisse à apaiser, d'une blessure à cicatrisation lente. Le goût du sexe, lui, n'était pas une puissance, mais la conséquence d'une extrême faiblesse. Incapables d'exister comme sujets responsables, les héroïnes ne vivaient que d'être les objets du désir mâle. Elles lui abandonnaient force et volonté, ne rêvaient que d'être possédées, réduites, avilies, et le portrait n'était parfait que si leurs yeux étaient bleus, leurs cheveux blonds et fins, leur teint pâle, leur corps fragile. Il y avait beaucoup de cafés-clopes et d'alcools bus d'un trait, quelques chocolatines mordillées mais sitôt jetées, des cernes, des cheveux emmêlés, des lèvres mordues jusqu'au sang, des face-à-face dans la glace, des somnifères, des larmes versées dans les toilettes publiques, des scènes de boîtes ou de bars, à l'issue desquelles les belles banquises, ivres et vautrées, échouaient dans les draps opportunistes d'un homme dont le sexe n'était jamais décrit, puisqu'il était un symbole, une autorité à laquelle la femme faible et qui s'était crue forte s'abandonnait, un phallus et non une queue. Et souvent, il y avait rédemption. Celle-ci survenait sous les traits d'un homme — psychanalyste, ami, mari ou amant — qui avait la bravoure d'aller chercher l'âme — exceptionnelle même si brisée — là où les autres s'étaient repus du corps.

Jeanne, désormais, lit de la science-fiction, des histoires de béton armé, de forêts pétrifiées, de carlingues chromées fusant dans le grand-huit des échangeurs autoroutiers, d'ordinateurs aux dimensions de cathédrales, de néons fouettant des ciels graphite et de champs magnétiques hystérisés par des bombardements d'astéroïdes. Dans ces romans, les raisons intérieures sont réduites au silence, pulvérisées dans l'effondrement des mondes anciens qu'écrasent des avenirs, et Jeanne aime mieux ça.

Il a dit qu'il s'appelait Victor. Ça semblait le remplir d'espoir, comme si son nom devait faire sésame, comme s'il avait la certitude qu'en le prononçant il ouvrirait les portes d'une conversation inextinguible. Ça semblait l'émouvoir aussi, comme s'il confiait sa vie en disant son prénom.

Pour quelques personnes, Victor doit être un centre, un de ces points de mire autour desquels s'organise une vie. Pour d'autres, plus nombreux, il est situé dans les zones intermédiaires : proche mais autonome, il appartient à une organisation sans la déterminer. Pour d'autres enfin, il circule en périphérie, sa trajectoire est aléatoire, son nom disparaît dans le foisonnement des connaissances et pointe de loin en loin, par rencontres ou réminiscences. Pour Jeanne, il n'approche pas même cette orbite distante. Tandis qu'elle fait glisser son sexe bandé entre ses cuisses, le signal qu'émet Victor est si lointain qu'elle ne le détecte pas.

Mais certains jours — imprévisibles —, les fonctionnements s'enrayent.

Est-ce dû à la lumière, à une certaine météorologie intérieure, à l'arrangement des lieux ou à une disposition particulière des hommes qu'elle rencontre?

En ces jours, les corps sont bavards, même dans le plus lourd des silences. Chaque mouvement raconte des humeurs, des questions, des impatiences, des frustrations, des sentiments de vie ratée, des attentes infinies, des déceptions jamais surmontées, des âges, des habitudes, des goûts, des souhaits. Elle est déconcentrée par une ride, par une odeur qu'elle remarque, par un regard maladroit, par un soupir ou par l'aspiration qui précède une parole perdue. Elle sent battre les assauts d'existences qui crient pour être reconnues. En ces jours, un Victor pourrait lui serrer le cœur.

Le danger est là.

Elle prend la décision de ne plus jamais recommencer, considère que tout est fini et que l'inconscience est plombée. Elle est prise d'effrois rétrospectifs. Elle déserte le palais et se rabat sur son armoire et sur les sex-toys qui lui évitent les risques du face-à-face. Elle n'a pas à s'approprier ces sexes-là, ils sont déjà siens. Elle n'a pas à les isoler d'une quantité d'autres informations, ils lui proposent des abstractions tranquilles. Elle n'a pas à craindre leurs paroles, ils n'ont aucune envie de faire connaissance. Et elle n'a pas à les mémoriser, ils sont perpétuellement disponibles.

Elle décide alors de ne plus jouir que dans l'entremêlement de sa chair et de multiples silicones. Elle s'accoutume à d'autres rapports de masse, à ces sexes qui ne lui font plus face, mais qui poursuivent son corps. Son poignet devient la terminaison de tous les volumes. Ses jouissances interviennent par brusques sursauts, elles ne sont jamais terminales et pourraient se répéter sans fin si, par un acte de raison — ou simple ressouvenir de l'heure —, elle ne décidait pas de s'en extraire.

Son regard ne bute pas sur un ventre, il n'est pas précipité à coups de reins contre un oreiller. Il file jusqu'au mur de la chambre, dépasse parfois l'embrasure de la porte entrouverte et s'évade dans la pièce adjacente dont rien n'a désordonné la plate géométrie. Le calme du parquet irrite ses émois. Son œil cherche un point où s'accrocher et elle jouit souvent en fixant l'interrupteur, le pied d'un fauteuil bleu ou un mouton de poussière jusqu'alors ignoré et dont elle décide, en pleine torsion, qu'il lui faut l'épousseter au plus vite. Elle se débarrasse du jouet réglé en position vibratoire maximum et, le sexe gonflé, s'empare du balai et le passe à coups secs jusqu'à ce qu'un filet de lubrifiant, glissant le long de sa cuisse, puis de son mollet, la précipite sous la douche.

Dans ces ébats, rien ne bouge qui ne soit mécanique et régulier; tous les mouvements sont vibratoires : qu'une pile meure et le sexe artificiel se fige dans le sien. Souvent, les sons la trahissent, le lissé d'un matériau couine sur sa langue, la rigidité d'un autre s'entrechoque avec ses dents, un objet tombe du lit dans un bruit mat. Et surtout, le sex-toy ne s'engorge pas, aucune veine n'y saille, il ne décharge pas en vagues profondes ou par brèves rafales, n'a pas d'odeur autre que celle du plastique.

Seul corps vivant dans un lit défait, Jeanne se trouve soudain risible. Quelque temps plus tard, elle rouvre les portes du palais et, bientôt, traverse une rue, trébuche, se réfugie contre les vitrines, le regard en détresse, la respiration en vrac; on lui propose de l'aide, et c'est avec une attention renouvelée qu'elle découvre le sexe inconnu. La tiédeur de la peau la ferait presque rire de joie. Mais, sourdement, elle s'inquiète de ces paniques qui semblent survenir toujours plus fréquemment. Elle soupçonne la peur de gagner du terrain.

Elle prend le sexe dans sa bouche avant qu'il ne bande. Elle sent les plis de la peau se dissoudre dans la chaleur de sa salive. Elle a posé une main à l'intérieur de la cuisse et l'autre dans les poils blonds. Le sexe est rose, douce aquarelle où se diluent de fines nervures rouges. La verge bande à la perpendiculaire comme si les couilles — peau tirée, prête à rompre — faisaient contrepoids et l'empêchaient de pointer haut.

L'homme prend la tête de Jeanne entre ses mains, il lui applique un mouvement de métronome, la plaque contre son bassin puis l'en éloigne. La chambre disparaît et apparaît en rythme. À chaque contretemps, des bergères, des automobiles et des hirondelles sur papier peint viennent voleter autour des hanches de l'homme.

Elle flotte dans le parfum épais de sa voisine ; les reflets dansent sur la vitre du wagon ; la lune est trouble et embuée ; le métro vole au-dessus des lignes de phares jaunes et rouges ; une nouvelle page tournée.

Jeanne manque sa station.

« Étant donné la topographie de l'île, la végétation qui la recouvrait, et sa collection de vieilles voitures, il y avait beaucoup de chances, au contraire, qu'on ne le remarque jamais. »

Elle reste dans la rame jusqu'au terminus et poursuit sa lecture.

Comme le palais de Jeanne, le Sex-shope déploie une architecture sexuelle concertée. Mais plutôt qu'une sauvegarde, il organise un enfouissement : au fond du magasin plonge une volée de marches — Cabines, dit une pancarte fléchée. La pratique masturbatoire est ainsi expédiée et confinée au sous-sol, cachée aux yeux respectables des clients de la zone supérieure qui, eux, achètent à emporter plutôt que de consommer sur place — ceux-ci peuvent ainsi l'ignorer, ou prétendre l'ignorer, puisque nombreux sont ceux qui n'aiment danser que si le bal est sur un volcan.

C'est tardivement que Jeanne sonde ces oubliettes.

D'un pas silencieux, elle descend l'escalier. La pièce est immobile, les portes rabattues. Une ligne de voyants rouges signale l'occupation des cabines. Elle s'arrête sur l'avant-dernière marche, un pied dans le vide, une main plaquée au métal de la rampe. Quelques cris d'actrices glissent sous les portes. Elle prête l'oreille, cherche à entendre plus loin que ne le permet l'isolation des cabines, à discerner le bruit de mains qui entreprennent des sexes et écartent des tissus devenus encombrants. Elle voudrait percevoir la concentration extrême de celui dont l'excitation s'emballe et qui doit à tout prix la contenir pour durer encore un peu plus, ne pas boulotter ainsi la séquence, ne pas céder si vite aux images, tenir encore quelques plans, ou, à l'inverse, la rage de celui qui serre plus fort et va plus vite, s'appuyant d'une main sur la cloison qui lui fait face, tendu comme pour crever l'écran, enfoncer la surface récalcitrante et s'emparer du trésor qu'elle lui refuse, un gémissement dans la gorge, sourcils froncés jusqu'à faire disparaître les yeux, la bouche tordue, la veine frontale noueuse, éreinté par le combat, incapable de l'abandonner.

Mais rien ne filtre. Pas un frottement, pas un glissement, pas un râle. Seulement ces cris d'actrices. Jeanne a posé le pied au sol. Hormis quelques stickers plaqués à la sauvage, les portes sont rigoureusement identiques, simples comme celles d'un vestiaire de gymnase.

Alors, Jeanne imagine.

Elle voit l'enfilade des sexes dressés, ignorants les uns des autres — glands nimbés du bleu télévisuel, mains qui butent, temps et contretemps, gestes vifs, accélérations. Elle voit la manière dont les mains accrochent les sexes — en utilisant l'auriculaire ou en le maintenant éloigné; le pouce à même la verge ou bien superposé à l'ongle de l'index ou du majeur; en faisant coulisser la main verticalement ou avec de légères torsions; en tirant sur le frein ou par des gestes ascendants, qui recouvrent le gland et le recalottent presque; en modulant la pression ou — le bruit d'une cabine qu'on déverrouille, Jeanne s'élance à l'étage. Celui qui sort ne voit d'elle que l'image accélérée d'une paire de pieds fuyant vers les hauteurs.

Elle se précipite en direction des étagères et s'absorbe dans la contemplation d'un développeur vibrant vulvaire. Cherchant son souffle, elle écoute les pas de l'homme qui monte lentement, interloqué par la course sans poursuite qui vient d'ébranler l'escalier. Il émerge — silhouette grise et brouillée au coin du champ de vision de Jeanne. Elle reste immobile, ne se retourne pas, mais devine les regards des clients tournés vers elle et qui tous la désignent. Elle ne rougit pas, feint une respiration régulière. La silhouette passe derrière elle, réapparaît à l'autre extrémité de son champ de vision et quitte le Sex-shope.

Rentrée chez elle, tous rideaux tirés, Jeanne élabore son dispositif; elle évalue la distance à ménager entre le fauteuil et la table, hésite à positionner un coussin pour affermir l'assise, cherche la juste inclinaison de l'écran et le juste degré de luminosité, désactive l'historique du navigateur internet.

Elle ouvre alors sa chambre à des dizaines de corps flottants, interchangeables et partiels — cous tronqués, têtes hors champ —, uniquement conçus pour la pratique sexuelle; corps saccadés quand la connexion rame, figés en plein mouvement quand la roue de chargement gire au centre de l'image, entrecoupés d'annonces, recouverts de bannières clignotantes et supprimés quand un clic sur « précédente » interrompt la vidéo et recharge la page d'accueil.

Banquette en skaï rouge; un feu claque dans la cheminée en pierre sèche; la fille entre dans le champ, soutien-gorge trop serré et culotte à volants. Elle présente ses fesses, fait rouler les élastiques de sa culotte, les remonte sur ses hanches, pousse les fesses en arrière puis, regard caméra, fait descendre la culotte. « Tu aimes ça, hein ? », dit-elle. En écartant les cuisses, elle découvre un peu plus la blancheur de la flamme à l'arrière-plan.

Comme la scène est chez un médecin, il y a un squelette à gauche du bureau, des murs vert amande et des post-it où serpente un caducée. À droite de la vidéo, Viagra à 50 cts et Levitra à 1,50. La patiente s'épanche : elle ressent des douleurs quand elle fait l'amour. Le médecin est attentionné : il va falloir examiner et, pour examiner finement, il sort sa bite. Bientôt, il se débarrasse de ses lunettes. Puis du stéthoscope qui bat contre son ventre. Mais il garde ses gants tout le temps que dure l'acte. À 10 min 56 s, des seins entrent dans la pièce, suivis d'une infirmière. La scène continue.

Sous-vêtements saumon sur canapé à motif camouflage. Mur de brique. Les ongles peints de trois bleus différents, elle fait tressauter son cul. Un homme se branle en la regardant. Sous le rectangle de la vidéo, une fille suce son pouce dans une bannière horizontale : « $1 Try now ». L'homme se lève, gros plan sur le sexe bandé puis sur les deux mains fines qui manœuvrent les fesses de la fille pour préparer la pénétration. Quelques allers-retours, cris et grognements, le sexe se désengage, jets brefs de sperme, les doigts caressent le sexe pour exprimer quelques gouttes épaisses et s'essuient sur les fesses de la fille dont le visage a depuis bien longtemps disparu hors-champ.

Ils sont cinq ou six dans le jacuzzi en faux marbre. Des culs flottent, quelques bites émergent avant de replonger. Un roux s'assied sur le rebord, profil caméra, et se fait sucer par une brune dont il soupèse les gros seins sans moufter. Un blond sodomise une seconde brune qui sort de l'eau les fesses de la première brune et y plonge sa langue.

Jeanne clique sur pause, se lève, fouille dans son armoire, change de sex-toy et s'installe à nouveau.

Un jour d'hiver, elle déroge à sa méthode : elle ne précède pas, mais suit ; elle ne convoque pas, elle accepte.

13e arrondissement, place Louis-Armstrong, une fin d'après-midi. Le ciel louvoie, les racines palpitent sous le macadam, un damier de fenêtres illuminées s'affiche aux façades et Jeanne observe l'alternance des éclairages — tube fluorescent d'un blanc amer ; applique murale faiblement wattée ; respiration bleue d'un téléviseur ; plafonnier d'un jaune ancien et endormi.

Un homme s'approche. Il est élégant — d'une élégance sans intérêt. Il propose — euphémise, contourne. Jeanne est surprise. Elle ignore les règles de ce jeu dont elle joue d'ordinaire une version toute différente. Pourtant, elle acquiesce. D'un geste sûr et enveloppant, l'homme indique l'hôtel aux tentures aubergine qui les attend muettement de l'autre côté de la rue. Il murmure, Après vous, lorsqu'il lui enjoint de traverser.

L'hôtel Villa Lutèce affiche quatre étoiles et promet « le charme du quartier Latin ».

L'homme réserve. Le hall est aussi sombre et violacé que les tentures. Une moquette épaisse est lacérée d'arabesques ; un faux feu se débat dans la cheminée ; des fauteuils moutarde se pressent ; touche d'exotisme à peu de frais, un yucca à deux troncs darde ses rayons nus. Une musique confortable enrobe ces éléments épars.

Le garçon d'hôtel les accompagne jusqu'à la chambre 114. À nouveau, l'homme cède le passage à Jeanne et, en file indienne, tous trois descendent un long réseau de couloirs tapissés de rouge. À mesure qu'ils progressent, le rougeoiement semble s'intensifier, et l'air lui-même se teinte de braise.

Enfin s'ouvre la porte de la 114, le garçon s'efface, et le rouge cède la place à un monde géométrique, noir et blanc cassé — murs, carrelage, rideaux, moquette et couvertures, mêmement découpés en motifs alternés.

La chambre est en duplex. En bas, deux salles de bains, l'une avec douche, l'autre avec baignoire et toilettes. Pour son confort, l'homme propose à Jeanne d'y faire escale. Discret, il attendra en haut.

L'eau coule et Jeanne se déshabille.

Elle s'assoit sur le rebord de la baignoire, les pieds sur le tapis pelucheux, le dos tourné au bain qui se remplit. L'angoisse s'est carrée entre ses côtes. Ses paumes polissent ses genoux par petits mouvements circulaires. Elle voudrait partir, quitter le jeu.

Quand est passé le délai de crédibilité, elle coupe l'eau, se lève, s'humidifie la nuque, les aisselles et le sexe, enfile un peignoir siglé HVL, quitte la pièce, éteint la lumière d'une main de traîne, monte l'escalier en ne marchant que sur les carrés noirs et entend, avant même de le voir, le tapotement sourd par lequel l'homme lui désigne une place sur le lit où il est étendu.

En caleçon, pose Empire, il invite, rassure, sourit.

Il couche Jeanne sur le matelas, se lève, la regarde d'en haut et joue avec la boucle de son peignoir.

Chacun de ses gestes est un discours peaufiné à l'avance. Il érotise le moment, entend faire croître le désir, le frustrer pour l'attiser encore.

Il roule des épaules — la nature domptée par la culture, le viril bridé par la bienséance, domestiqué pour l'occasion : nous ne sommes pas des bêtes, mais nous le fûmes.

D'un geste — schlak — il dénoue la ceinture et d'un autre — flap, flap — il dénude la femme, rejetant les pans du peignoir de part et d'autre du corps étendu.

Il précipite sa tête entre les jambes de Jeanne et commence de lécher son sexe. Elle se contracte. La langue s'enfonce. Un filet de salive coule entre ses fesses. Elle serre les jambes, tente d'expulser la tête. L'homme refuse le mouvement, plaque ses deux mains sur l'intérieur des cuisses et les aplatit contre le matelas. Elle panique, mais ne sait rien dire.

Quand le visage émerge, satisfait et humide, deux bras amphibiens le ramènent au niveau de Jeanne. Il se positionne. Avant son premier coup de bassin, il caresse le visage de Jeanne, fait une remarque sur ses jambes et une autre sur sa bouche, sourit d'un air indulgent, l'embrasse, puis la pénètre au ralenti, s'aidant de sa main droite pour introduire son sexe. Lorsqu'il juge le degré de pénétration suffisant, il ôte sa main, inspire, pousse ses reins en avant, soupire, lève la tête vers le plafond et amplifie progressivement le mouvement, puis accélère, remonte un genou sur le matelas, entoure d'un bras les hanches de Jeanne et la soulève vers lui. Il se mord la lèvre inférieure et regarde le plafond.

Jeanne fixe le reflet de l'homme dans un miroir mural. Son corps à elle est camouflé par un massif de draps et de couvertures mêlés. Elle ne voit que son visage et, au-dessus, ce corps masculin qui remue la literie.

L'homme se rhabille. Il s'attendait à mieux.

Il est certain d'avoir été parfait, il a payé la chambre, de son argent payé, il n'a pas regardé à la dépense et a ensuite témoigné du plus

grand respect pour la dame, dame qu'il a léchée
— sans même demander qu'elle le suce en
retour. Il lui a fait des ferveurs et s'est retrouvé
avec un frigidaire des plus frigorifiques, dans les
entrailles duquel il n'a joui que par miracle, ou
plutôt par savoir-faire. Mais peut-il considérer
comme jouissance celle qui a goût de temps et
d'argent gaspillés? Il s'interdit de répondre à la
question, mais n'en pense pas moins.

Gentleman, il déguise sa déception en bon-
homie et place son honneur dans son amé-
nité. Tandis qu'il se rhabille, il pose à Jeanne
quelques questions d'usage, destinées à facili-
ter la descente, à tisser un continuum entre
le sexe et la vie, à certifier à la femme, avant
l'adieu et l'oubli, qu'elle ne fut pas qu'un objet
de consommation, mais bien un sujet d'intérêt. Il espère qu'elle ne va pas lui demander son
numéro. Il prétextera un prochain déménage-
ment à l'étranger — États-Unis ou Singapour —
pour raison professionnelle.

Elle n'a pas vu son sexe. Elle ne l'a pas touché. Elle ne l'a pas senti et aurait peine à défi-
nir sa forme. Elle ne sait rien des nuances de sa
peau, du dessin de son gland.

Malgré l'épiphanie virile savamment mise en
scène, le sexe est resté tache aveugle. L'homme
a tout fait pour le dissimuler. Le sexe de Jeanne
fut sa première cachette, puis, pour se rhabiller,

il s'est détourné, enfilant son caleçon comme on planque un objet dans un étui protecteur, un objet de valeur, s'entend, car il n'a pas caché son sexe parce qu'il en avait honte, il l'a caché parce qu'il était trop précieux pour l'occasion.

Il est parti en invoquant un dîner à l'autre bout de la ville, a précisé qu'il payait la chambre, qu'elle n'avait à s'inquiéter de rien, qu'il était heureux d'avoir fait sa connaissance. Avant que la porte ne se referme, il a dit, À bientôt.

Jeanne reste dans la chambre. Elle allume la télévision.

Un petit groupe d'hommes et de femmes fait cercle sur une terrasse en bois.

Les femmes sont en robes longues, décolletées dans le dos, cheveux dansant jusqu'aux reins. Perchées sur de hauts talons, elles sautillent, battent des mains, rejettent des mèches volantes, rient et s'étreignent.

Les hommes — veste de costard sur T-shirt à motif, jean et baskets éclatantes — ont l'excitation plus terrienne : un léger dandinement, quelques frottements de mains.

Quand deux nouveaux venus franchissent une porte de verre opaque, un mouvement de groupe se crée et l'on vient à leur rencontre en lançant des saluts — brefs et dynamiques pour les garçons, allongés sur le *a* ou le *u* pour les filles qui chantent presque.

Soudain, une voix de basse diffusée par

haut-parleur interrompt les embrassades et demande aux participants de gagner l'intérieur de la maison. Dociles, hommes et femmes se mettent en branle — les femmes, en écartant les bras pour équilibrer leur démarche de goélands précaires.

Changement de caméra, plan d'un salon en contre-plongée, les individus se répartissent sur divers canapés, fauteuils et poufs. Jeanne ne parvient pas à quitter le lit. Entre ses cuisses, la salive de l'homme sèche et lui tire la peau.

Deux coups sont frappés. Avant que Jeanne n'ait le temps de quoi que ce soit, elle entend la clef tourner et la porte de la chambre s'ouvrir au niveau inférieur. Elle enfile le peignoir, descend quelques marches.

Une jeune femme est là, uniforme gris perle, des serviettes de toilette ramassées entre ses bras. Elle s'immobilise en apercevant Jeanne, rougit, puis précipite des excuses, vérifie le numéro de la chambre, consulte un papier plié dans la poche de sa blouse, hésite, explique qu'elle a trouvé la 114 inscrite sur son planning en prenant son service, mais qu'elle a bien dit que ça semblait bizarre que la chambre n'ait été réservée que pour quelques heures et soit déjà libre, elle a dit qu'il devait y avoir une erreur, mais on lui a confirmé que la chambre avait été libérée, alors elle est confuse, même si ce n'est pas sa faute, elle va aller prévenir que la dame est encore là et que la chambre est occupée. Tout en parlant, elle a déposé les serviettes au sol comme elle aurait déposé les armes, sans lâcher Jeanne des yeux et en prenant garde de n'avoir aucun mouvement brusque. Jeanne, depuis son escalier et avec une voix qu'elle ne reconnaît pas, l'interrompt : non, il n'y a pas d'erreur, ou bien l'erreur est sienne, elle aurait dû partir il y a longtemps déjà, suivre son mari qui, précise-t-elle, a déjà quitté la chambre et l'attend pour dîner à l'autre bout de la ville, sur les coups de huit heures, mais voilà, elle s'est endormie, à cause du décalage horaire sans doute — ils reviennent juste de Singapour et reprennent l'avion demain pour les États-Unis —, elle s'est endormie et elle s'est mise en retard, d'ailleurs il est providentiel que la jeune femme l'ait sortie du sommeil : le temps de s'habiller et elle vide les lieux.

Jeanne ment sans l'intention de le faire et sans comprendre pourquoi. Elle rougit plus encore que la jeune femme en uniforme.

Celle-ci s'éclipse, disparaît dans le couloir où, pour patienter, elle entreprend de réorganiser activement son chariot de nettoyage. Elle chantonne pour marquer son absorption dans la tâche, mais Jeanne, remontée à l'étage, sent sa présence comme celle d'un inconnu qui, dans le métro ou au café, écoute votre conversation tout en feignant de regarder ailleurs. La jeune femme n'est pas dupe, Jeanne en est certaine.

Par habitude, elle croyait qu'un « Ne pas déranger » avait été suspendu à la poignée et la rendait invulnérable. Elle s'imaginait retranchée, se figurait des doubles tours protecteurs et concevait la chambre comme un vase hermétiquement clos que ne menaçait aucune irruption extérieure.

La voilà habillée, chaussée, prête à partir. Dans leur maison sous surveillance, les candidats se livrent à une bataille de polochons.

À côté de l'hôtel Villa Lutèce se trouve un magasin de la Ferme tropicale, « le spécialiste du reptile ».

Jeanne colle sa main contre un terrarium.

Un agame barbu repose sur une branche, corps plus sec et noueux que le bois.

L'agame coûte 175 euros TTC ; Jeanne pourrait l'acquérir si elle voulait posséder une vie. Elle le nourrirait avec quelques-uns des grillons qui craquettent dans le rayon voisin ; elle surveillerait la température et l'hygrométrie du terrarium ; elle installerait une grosse lampe chauffante 100 W — soleil adéquat pour univers miniature — et, régulièrement, retirerait les déjections accumulées de l'animal. De temps à autre, elle apporterait à sa bête brindilles et cailloux neufs et modifierait l'aménagement global du terrarium afin de lui garantir un sentiment constant de nouveauté.

Le magasin va fermer.

Un serpent blanc réorganise patiemment ses anneaux.

Une couleuvre psychédélique s'efface derrière une affichette qui informe :

« Les animaux vivants sont à moitié prix. »

Elle progresse d'étalage en étalage, suivant les vitrines plutôt que les rues. Elle avance par stations, longuement arrêtée devant quelques enseignes, comme si un pèlerinage secret lui ordonnait de s'y recueillir. Une papeterie, une pharmacie, un Carrefour express, un magasin de chaussures, un torréfacteur.

Elle entre dans un magasin de jouets, s'arrête devant les poupées. « Barbie fashionistas rose », cheveux ondoyants, jambes croisées, bardée de strass et de plumes ; « Barbie maîtresse d'école », un bras pédagogique levé au tableau noir, sourire sympathique et encourageant, jupe bleue évasée aux genoux ; « Barbie princesse moderne », les bras le long du corps, tête inclinée vers la droite, robe fuchsia et mousseuse compactée par le plastique souple de la boîte... toutes assignées à leur rôle par les attaches translucides qui entravent leurs poignets, leur taille et leurs pieds.

Il lui arrive de rêver à des déterminismes, à des schémas d'action imposés, à des identités qu'on enfile comme une robe de bal et des chaussures dorées.

« Il savait que la lumière du soleil était pompée à l'intérieur via un système Lado-Acheson dont l'armature de deux millimètres courait sur toute la longueur du fuseau, générant toute une librairie d'effets de ciel qui se succédaient par rotation ; il savait que si le ciel était éteint, il pourrait apercevoir par-delà l'armature de lumière les contours de lacs, les toits de casinos, d'autres rues… Mais cela n'avait aucun sens pour son corps. » Elle ferme son livre. Nimbé de soleil, le métro glisse entre les blocs glacés. Le wagon est calme comme une salle de lecture aérienne. Çà et là, des femmes sont assises — nuque à angle brisé —, plongées dans de grands livres plats. Il n'est d'autre bruit que celui des rails et des pages. Jeanne s'endort.

L'agonie orange crépite sur les murs de la chambre. Allongée sur le ventre, elle observe les derniers sursauts du lampadaire et pense au sexe de l'homme parti il y a quelques minutes — un sexe pâle, plissé, fripé, qui, une fois bandé, découvrait une multitude de grains de beauté.

Elle franchit le seuil intérieur et cherche où l'installer. Elle se déplace au ralenti, prend plaisir à vaquer, explore des pièces rarement fréquentées, s'aventure jusqu'au bout des couloirs. Elle pousse une porte restée fermée depuis longtemps. La pièce est bleue et nue. Au centre est une table de bois carrée. Un savon rose fendillé de brun bave sur l'émail du lavabo, un tapis de bain à motifs de poissons pourrit doucement, un squelette de plante est enfoncé dans un pot en terre cuite.

Jeanne regarde le savon, la plante, le mur. La réminiscence se dessine. Elle croit se tromper. Elle referme la porte, fait quelques pas dans le couloir, l'ouvre à nouveau, d'un geste vif, comme pour surprendre l'activité secrète de cet ameublement. Rien n'a bougé et le souvenir ne se modifie pas, il trace le contour d'un sexe en tout point identique à celui de l'homme parti il y a quelques minutes. Le gabarit, le toucher, la masse sont similaires ; l'emplacement des grains de beauté se superpose parfaitement, au point que ces sexes jumeaux ne font qu'un.

Jeanne avait déjà rencontré cet homme, elle l'avait déjà dénudé, avait déjà pris son sexe dans sa main, avait déjà senti sa poussée contre son ventre. Elle s'était déjà étonnée de cette peau si blanche, ramassée sur elle-même en pliures successives, et de cette extension découvrant une constellation secrète.

Était-ce dans le même quartier, était-ce dans un hôtel voisin ? L'hôtel de l'Aviation ou bien l'hôtel Selva ?

Alors que les derniers éclairs de sodium meurent au pied du lit, Jeanne remue son oubli, essaye de faire monter un lieu, un visage, une voix ou une stature. Mais le vide est complet, tout est justement dissous. Le lampadaire zonzonne, à bout de souffle. Si elle rencontrait à nouveau cet homme, rien ne troublerait la continuité de son indifférence. Il lui apparaîtrait sous les traits d'un parfait inconnu, son profil ne se découperait pas dans l'indistinction d'une foule, sa présence resterait sans contours.

Le lampadaire s'éteint. Et si elle se renversait contre une vitrine et qu'il venait à elle sans aucun geste de reconnaissance ostentatoire, elle lui proposerait de la suivre avec la certitude de le rencontrer pour la première fois.

Elle décide de forcer les règles du palais qui d'ordinaire n'accepte que les images uniques. Elle duplique la pièce nue, sa table de bois, le lavabo, le tapis, la plante. La charpente du palais craque et grince, la mémoire gronde. Pour apaiser l'édifice, Jeanne différencie la chambre jumelle : elle repeint ses murs bleus d'un blanc épaissi de rose, de jaune et d'ocre pâle, et y entrepose le sexe dédoublé, qui disparaît presque sur ce fond identique aux teintes de sa peau. Seule se distingue une géométrie de points égrainés qu'on croirait projetés aux murs.

Du rouge carmin, du rose poudré, du noir et du blanc, quelques pointes de bleu de Chartres, du vert tendre, des beiges... sur chaque vignette figure une scène iconique et aisément reconnaissable. Leur arrangement compose le grand vitrail du sexe virtuel.

Dans une salle de sport, une femme en bas résille s'accroche à la poulie d'un appareil de musculation, se cambre, écarte les jambes. Posté sous ses fesses, un homme en chemisette kaki la lèche, sa langue effilée en triangle isocèle.

Sur un canapé, une femme branle un homme et en regarde un deuxième, effondré dans un fauteuil, un bouquet de fleurs en plastique abandonné à ses pieds.

Bannière surgissante, « Ces mamans baisent gratis. Pas de carte de crédit. Pas d'inscription. Pas d'arnaque. »

Un brun ventru branle une Asiatique à travers sa culotte blanche.

Trois matelas pneumatiques entassés sous l'ombre restreinte d'un palmier, deux transats à rayures et, en minijupe rose et T-shirt moulant « Beverly Hills Babe », une ménagère qui nettoie sa piscine. Le jardinier — nu sous son tablier en toile cirée à motifs provençaux — survient et la prend en levrette sur le transat de gauche. Le mari surgit, s'embusque, observe, tente la colère, mais, submergé d'excitation, s'assied sur le transat de droite et se branle en regardant la scène.

« Mieux que les putes ! Envoie un message et demande à baiser. Pas d'embrouilles. Profils réels. Voir les photos. »

Un salon bourgeois, confort et surcharge décorative à l'américaine. Une mère est assise aux côtés du petit ami de sa fille. Elle lui parle, elle est soucieuse. Sa robe est minuscule, ses seins dépassent en haut, son porte-jarretelles en bas. Dans de grands remous de canapé, elle s'approche du petit ami. Il est puceau et elle va lui montrer comment faire pour satisfaire sa fille, car qui mieux qu'une mère... Elle caresse sa bite à travers son pantalon tout en écartant les cuisses et en commençant de se masturber face caméra. Le jeune homme regarde, le visage pris de convulsions. Puis il retire son pantalon et son slip. La mère s'agenouille sur le canapé et entreprend de le sucer. La fille entre dans la pièce, se fige sur le seuil, effarée. Le garçon se lève, s'approche d'elle, la soulève et la dépose sur la table du salon, ôte sa culotte, tripote un peu son sexe puis la prend. La mère s'approche, commente et conseille. De temps à autre, le garçon tâte les seins de la mère, nettement plus gros et lourds que ceux de la jeune fille.

« Marre de te branler ? Trouve une nana à tirer près de chez toi et bourre-la ce soir. Pas besoin de CB. »

Dans une cuisine équipée, un adolescent fluet offre sa bite à sucer à une trentenaire qui semble incarner la bonne de la maison. Elle s'extasie sur la taille de l'objet — sans commune mesure avec le physique de l'adolescent —, se défait de son chemiser noir et prend la bite entre ses énormes seins. L'adolescent ouvre la bouche et rentre le menton, tétanisé.

Jeanne a passé des heures devant l'écran. Elle a cru qu'elle pourrait épuiser les ressources disponibles — en finir, comme on termine un livre et comme on le referme, certain d'avoir épousé chaque boucle de l'histoire, d'avoir étanché chacune des phrases et chacun des mots, parfois triste, mais toujours soulagé, car cela devait bien arriver, c'était dans l'ordre des choses. Mais de nouvelles vidéos ne cessent d'être ajoutées sur la plateforme, leur multiplication dépasse les capacités de visionnage de Jeanne.

Sans discontinuer, des bites téléguident des

corps vers des trous. Perpétuellement bandées, figées dans leur tension conquérante — industrieuses, inébranlables, lisses, roses, luisantes, rasées à la base, gonflées à bloc, le gland rubicond, le tronc veiné, sans repos ni loisir, elles pénètrent, sondent, se retirent, se repositionnent, reviennent, butent, persistent.

Jeanne regarde et les détails se brouillent; les couleurs s'érodent; le son perd ses significations; les volumes s'aplatissent; les mouvements se fractionnent; les corps n'en sont plus; lignes et formes sur plan assemblées; stricts agencements de cylindres et de trous; théorème sur les usages de la concavité. La mécanique trébuche sur ses répétitions, mais court toujours, canard à tête coupée qui s'acharne et claudique de la piscine à la cuisine, du cabinet médical au canapé, du jacuzzi à la salle de sport — un homme en bas résille est avachi sur un canapé beige, une jeune fille le suce, mais son mari survient, en chemisette kaki, et la prend en levrette au moment même où un Asiatique nettoie sa piscine, alors qu'une femme en culotte blanche entre en scène et commence de le branler dans la cuisine équipée pendant que la mère incarne la bonne de maison et que la fille entre et ouvre grand la bouche dans une salle de sport où un adolescent — les jointures lâchent; les enchaînements implosent en vol; formes et couleurs disparaissent, ingurgitées par une masse unique, rose et molle ; un bruit blanc monte, s'insinue sous la bande-son et boit à grands traits les bruits, l'espace, les contours.

La neige envahit l'écran.

Le retard du TER de 6 h 13 pour Paris est estimé à cinq minutes environ. Jeanne frappe du talon sur le quai. On ne sait pourquoi elle rentre à Paris, on ne l'en savait pas partie. Une réunion familiale pourrait expliquer sa présence ici, de grandes retrouvailles, des dizaines de parents rassemblés chez une tante habitant aux alentours d'Évreux. On aurait prévu des couchages pour les uns et les autres et, alors que les réjouissances devaient se prolonger autour d'un déjeuner, Jeanne se serait butée, aurait décidé de prendre le premier train et se trouverait ainsi plongée dans cette nuit matinale où le froid étouffe chaque bruit jusqu'à ce que, soudain : des rires.

Elles ne sont que deux, mais en valent quinze pour les décibels, deux filles qui s'avancent sur le quai en se poussant du coude et de la hanche, deux filles qui se plient en avant, se courbent et se voûtent, prises de convulsions trop violentes pour leurs poitrines.

Trois garçons, jusqu'à présent fondus dans l'obscurité et le silence, lèvent la tête et murmurent en les voyant venir, agitation minime immédiatement repérée par la tour de contrôle des rieuses, qui feignent l'ignorance mais quittent prestement l'enfance et se déguisent en femmes. La dynamique du rire s'inverse, il les courbait, désormais il les cambre, renverse leurs nuques et secoue leurs cheveux; il n'est plus chaotique, il s'est fait roulade, appel, fine cordelette irisée qui s'élance, s'accroche aux fils électriques et, de là, se jette au ciel, filerait bien jusqu'à la Lune encore haute, mais ricoche sur la carlingue d'un long-courrier qui passe en clignotant du bout des ailes; la vibration minuscule agite un passager inquiet de la condition aérienne et désespéré de tisser un lien, si ténu soit-il, avec le tapis roulant du globe qui défile au hublot; il tente d'attraper le rire, mais déjà, celui-ci retombe en flèche vers la Terre, vers la ville, vers la gare, vers le quai, et frappe l'un des garçons entre les omoplates. Piqué au vif, l'aspirant mâle se dresse, consulte les deux autres et, comme un seul homme, le groupe se déplace, triangle d'épaules serrées, mains dans les poches, capuche pour l'un, regard par en dessous pour les trois.

Satisfaites, les filles jaugent la faune que leur rire a ferrée. Conquérants, les garçons progressent vers les gazelles qu'il s'agit maintenant d'encercler. Chaque groupe se pense prédateur, et chacun se félicite de voir la proie si proche et de lire dans ses yeux tous les signes de la reddition.

Or, à l'instant où les groupes font jonction et où sont échangés les premiers mots, l'imaginaire carnassier s'effondre. Le « Salut ça va ? » l'emporte sur la poursuite sauvage, les rires s'éteignent, la gêne gagne, la charge érotique s'épuise par contact, les corps devenus mitoyens ne se convoitent plus, le réel tombe entre eux de tout son poids. Le corps des filles s'affaisse de nouveau vers l'enfance comme vers un prétexte et les garçons regardent leurs pieds ou le lointain, lèvre inférieure mordue. Pour occuper le silence, ils reniflent sèchement ou se raclent la gorge. Leurs omoplates se figent, retombent en révélant une certaine mollesse dans la courbe des épaules qui semblaient carrées. Les pectoraux disparaissent dans les plis cotonneux du T-shirt. Les regards fuient.

Ils virent au gris, rejoignant dans le monochrome nocturne les adultes éparpillés qui observent la scène à distance, conscients que celui d'entre eux qui se risquera trop près et se fera remarquer par cette jeunesse agressive de tant d'excitation d'elle-même en deviendra immédiatement la cible.

Une silhouette nouvelle venue, moins prudente ou simplement inattentive, passe à proximité des cinq adolescents, les frôle de son attaché-case. La victime est parfaite : les garçons attaquent tandis

131

que les filles se décrochent la mâchoire au quart de tour, se jettent dans le rire comme on saute du balcon. L'ombre déguerpit. L'énergie s'affaisse à nouveau, s'éteint.

Deux cônes lumineux dans l'obscurité ; mouvement sur le quai — on saisit son sac, on rajuste sa bandoulière, on s'avance de quelques pas ; éclats de rails ; défilé de fenêtres ; ralentissement ; apparition toujours plus précise de visages endormis derrière les vitres ; arrêt décisif, ouverture des portes ; certains descendent, la plupart montent. L'arrêt du train a placé garçons et filles à équidistance de deux portières. Tacitement, eux se dirigent vers celle de droite tandis qu'elles choisissent celle de gauche.

Jeanne suit les deux filles et s'installe face à elles. La tension sexuelle d'un instant laisse leurs corps fatigués et vexés. Trop cons, marmonne l'une d'elles en enlevant ses baskets.

Les voilà avachies, sweats zippés jusqu'au menton, la tête de l'une sur les genoux de l'autre, la tête de l'autre sur le flanc de l'une, joue écrasée contre la fermeture éclair du sweat-shirt, bouche molle, tandis que la salive de l'endormissement brille aux commissures. Jeanne les regarde cahoter jusqu'à Paris. Un œil s'ouvre parfois, un genou se rapproche d'un autre, la salive coule en sillon et assombrit le bleu du sweat, une main chasse des cheveux, quelques mouvements reconfigurent l'architectonique du tas.

Les corps s'éveillent à l'annonce du terminus, se poussent et se contre-poussent. La procession des immeubles ralentit, le train s'engouffre sous l'immense verrière. Les corps se déplient, s'emmitouflent et se traînent vers la sortie, épaules tassées, le poids de l'adolescence sur le dos.

L'air est frais, sonore. Sur le marchepied, frange en bordel et yeux plissés, elles se souviennent en flash de leurs prétendants du quai. Et si? Mais le petit matin est loin, alors elles baissent la tête pour s'assurer l'incognito et plongent vers la station RER.

La rencontre manque — les garçons ont filé, les filles ont tardé —, Jeanne lâche ces animaux sans intérêt.

Les derniers rayons parent le sexe d'un lustre inopiné. Il est posé sur la table de la cuisine et Jeanne, installée sur une chaise de plastique, le fixe silencieusement. La peau est ocre, lourde, exagérément ridée, le gland rosé pointe au-dessus, parfait rappel des gants Mapa qui gisent dans la profondeur de champ. La texture est mate, farineuse.

Jeanne s'approche, crache dans sa main et, d'un geste plat, enduit le sexe de salive. Le soleil répond par un éclat, une lame scintillante traverse la verge jusqu'au renflement des couilles parfaitement symétriques qui lui servent de socle.

La salive s'évapore, le soleil disparaît, le soir tombe et le sexe se fond dans la pénombre, jusqu'à n'être qu'un contour, ombre chinoise hors de propos dans ce théâtre de casseroles et de torchons qui sèchent.

Celui-ci reboutonne sa braguette d'un air satisfait.

Il s'apprête à parler. Il est resté muet tout le temps qu'il était nu, mais voilà que, vêtu, il souhaite faire résonner sa voix entre les murs.

Jeanne pèse de tout son poids sur les dernières bribes de silence, tente une supplique du bout des yeux ; il comprend le message et l'ignore.

D'une voix précise, il aligne des questions comme on pose des pions. Jeanne ne répond à aucune d'elles et l'homme accepte de jouer en solitaire. Il se présente, soumet une courte biographie et s'engage dans une description de sa profession. Les fenêtres sont ouvertes, un bus s'arrête au feu et son halètement couvre les mots prononcés, mais Jeanne les entend. Elle ne réagit pas. L'homme semble déçu. Il passe son blouson, l'ajuste d'un coup d'épaules et, de sa poche intérieure, tire une carte de visite qu'il tend à Jeanne. Comme elle ne la prend pas, il la pose sur le lit.

La carte est élégante, imprimée sur papier vergé, similaire à celle qu'aurait fait faire un mari ophtalmologue. Il ne l'aurait pas donnée à ses patients, bien sûr, l'aurait réservée aux collègues, la distribuant généreusement à chacun des congrès annuels de la Société française d'ophtalmologie, parvenant même, lors du Retina International World Congress de Hambourg, à la glisser dans la main réticente d'un spécialiste japonais de la neuropathie optique.

L'homme quitte la chambre. Jeanne reste assise sur le lit, puis se lève et, par la fenêtre, le regarde s'éloigner à petites foulées. Son sexe bandé avait le sérieux et le lissé d'une ogive. Gland lustré. Des poils noirs et serrés bourdonnaient jusque sur ses cuisses.

Jeanne s'habille, oublie de se regarder dans la glace, abandonne la carte, quitte la chambre, descend l'escalier, passe rendre la clef et, là, se ravise. Une écharpe oubliée, souffle-t-elle au réceptionniste qui opine, les yeux rivés à l'écran de télévision qu'éclabousse un brutal 100 mètres papillon. Elle remonte, traverse à nouveau les couloirs, tourne la clef, n'avance qu'un pied dans la chambre, tend son corps et son bras, s'empare du rectangle de papier en flottaison sur le matelas, le range dans son portefeuille, redescend l'escalier, pose deux billets sur le comptoir et quitte l'hôtel au moment où un homme en peau de requin grimpe sur la plus haute marche d'un très petit podium.

Le lendemain, elle prend le métro à 15 heures, l'heure des êtres sans emploi du temps. La rame est vide et elle voudrait un métro bondé, quand le poids des corps alourdit la machine et menace de l'emporter sur la puissance de traction mécanique, quand têtes, bras et bustes obstruent le champ de vision, camouflent l'armature de métal et de verre, compactent l'espace au point que l'air peine à s'y frayer et que la lumière livide est renvoyée à ses néons, incapable d'inonder le wagon comme elle le fait à cette heure morbide de l'après-midi où elle découpe en acharnée le moindre détail du décor déserté — les lettres du sonnet tronqué placardé par la RATP dans le cadre de l'inamovible opération « Poésie dans le métro », la signalétique bleu-blanc-rouge de la publicité « I speak English, Wall Street English » et le contour du strapontin replié au-dessous —, puis se liquéfie dans les gondoles du linoléum gris.

C'est un vieux métro à voitures, un modèle MF67 comme il n'en existe presque plus sur la ligne 5, ni sur aucune autre. MF67 : Métro Fer appel d'offres 1967, matériel roulant sur fer, bogies monomoteurs, suspension pneumatique et freinage à récupération, se serait fait expliquer Jeanne si elle avait été accompagnée d'un mari responsable syndical à la RATP. Le MF67 est aujourd'hui remplacé par le MF01, aurait poursuivi le mari alors que l'attention de Jeanne se serait faite flottante. Le MF01 — appel d'offres 2001 —, métro d'un seul tenant dont le corps à soufflets s'étire et se tord au long des voies, au contraire de la rigidité des wagons des MF67 qui, en segmentant les rails à angles brisés, privent le voyageur du sentiment sublime et doux de leur courbure. Jeanne somnole, le mari se tait — elle n'a jamais partagé ses passions.

À 15 h 40, l'âme écrasée par la lumière, Jeanne n'a aucune envie de regarder des gens s'engager dans une activité sexuelle, aucune envie de voir des chairs pressées, du foutre luire au coin des lèvres et des langues trop humides. À 15 h 40, elle n'a aucune envie d'entendre le gémissement d'une femme, le souffle court d'un homme et des fesses qui claquent contre un bassin tendu. Aucune envie de sentir la transpiration, le désir et l'odeur du sexe. Mais le métro freine et la vitre cadre inexorablement « Église de Pantin » en lettres blanches sur fond marin. Jeanne sort, trébuche; une canette cahote en travers du quai, chute et s'encastre dans le ballast avec un bruit étouffé dans lequel Jeanne voudrait entendre un présage. Elle prend l'escalator, imagine qu'une fois parvenue au sommet elle sera sauvée par une bouffée d'air frais, reprendra possession de son corps et de ses esprits, sera happée par le travelling dynamique d'une rue et s'engagera entre les immeubles, le cœur gonflé d'avenir. Mais l'escalator termine mollement sa course. L'air a le même goût que la lumière du métro. Roulée en tuyau dans la main de Jeanne, la carte de visite.

Pour trouver, il faut tourner plusieurs fois à gauche et plusieurs fois à droite, traverser un carrefour, passer sous un pont, longer des haies, raser des murs, passer devant l'Économat des Armées, ignorer Pouchard Tubes, s'interroger sur le sens de la vie au niveau d'Evolia 93 et, enfin, apercevoir une fille appuyée contre une porte immense. En jogging rose bébé intégral, elle fume une Vogue; french manucure, queue de cheval, baskets plateforme et lunettes de myope, c'est une actrice porno. Jeanne la reconnaît et frissonne de voir ce corps exister dans l'espace et vivre de manière non sexuelle, c'est-à-dire vêtu, pensif, regard vague et visage pâle. Cette étrangeté lui fait tourner les talons.

Elle marche, des bus soupirent, des chiens aboient sur d'autres chiens, des téléphones sonnent, des vitres frappées par le soleil deviennent pour un instant des plaques de métal en fusion, des files d'attente se forment devant les boulangeries, des moteurs peinent à démarrer, des feux passent à l'orange, des hommes s'accroupissent à la suite de leur chien, sac plastique en main, des enfants crient devant des bâtiments aux portes grandes ouvertes, des verres se remplissent et se vident en terrasse, des cigarettes se consument, des scooters doublent des taxis, des talons éventrent des mégots, des piétons traversent au rouge, des rideaux de fer sont levés et rabattus, des éclats de voix hèlent ou alpaguent, des échafaudages font le poirier contre les façades, des caniveaux s'engorgent, des pigeons hésitent, des arrivages, des livraisons, des palettes entassées, des minutes d'attente s'affichent sur les écrans des abribus, des clignotants ralentissent certaines trajectoires, hélicoptères, sirènes, traînées blanches des avions, des hommes s'installent sur des bancs et attendent, des taxis doublent des vélos, des digicodes valident des combinaisons à conserver secrètes, des sacs de courses sont tenus à bout de bras, des sacs vides dansent avec le vent, des agitations gagnent puis se dissipent, des nuages passent, des jours, des nuits.

Cette fois, elle n'a pas emporté la carte de visite. Le métro fonce dans les tunnels, et avale les tags cryptiques — ALVIN — ID-FIX — ROLEKUNZ2. Son voisin d'en face fronce les sourcils en lisant le *Manifeste du réalisme*.

Passé Saint-Marcel, le métro est projeté en surface. Modèle MF01, la lumière dévale jusqu'au fond de la rame et s'affale aux pieds de Jeanne. Les voitures rapetissent, les piétons sont survolés. Le métro pile en bordure de fleuve — Gare d'Austerlitz — puis redémarre, franchissement glorieux de la Seine, torsion et plongeon, l'obscurité avale la rame aussi goulûment que l'avait fait le jour, un sursaut, la remonte à ras de terre et la fige dans une semi-pénombre — Quai de la Rapée — avant de l'avaler à nouveau. À partir de là, c'est l'obscurité définitive.

Église de Pantin, escalator, carrefour, pont, haies, murs, Économat, Pouchard Tubes, Evolia et la même fille, au même endroit, bouche-à-bouche avec une cigarette électronique, expire une vapeur d'eau vanillée.

La porte à laquelle elle s'adosse est un bloc de métal carré inséré de force dans la brique, une masse qu'aucune main ne pourrait déplacer. Mais dans la partie inférieure est ménagé le rectangle d'une porte au format classique que la fille queue de cheval ouvre d'un coup d'épaule. Jeanne guette l'irruption du jour dans l'espace intérieur, la douche de lumière qui découpera les contours, extirpera les formes et les couleurs de l'obscurité où elles se cachent. Mais les lois du rayonnement se renversent et, au lieu que la lumière inonde le studio, c'est l'ombre qui s'en extirpe, s'effondre dans la rue, mouche le soleil et s'étale en sentinelle le long des façades, comme si deux doigts avaient pincé le monde et l'avaient prestement retourné sur lui-même.

Jeanne se penche, ramasse une fleur blanche déposée à ses pieds. C'est un kleenex, roulé en boule, perdu sur la dalle de béton. Quand elle se redresse, elle discerne les entours désertés, les machines orphelines, les câbles en volutes, les cloisons factices, les ameublements. Elle est dans le studio, au beau milieu de cet espace dont elle ne croit pourtant pas avoir franchi le seuil.

Elle reconnaît les différentes pièces. Celles-ci existent maintenant de manière imbriquée. Une salle de bains s'ouvre sur le cabinet de consultation dont la partie droite se mue en un salon carpette-canapé-cheminée, derrière lesquels suinte la lumière aquatique d'un jacuzzi jouxté d'une salle de sport sommaire qui donne sur une chambre rose. Jeanne circule, slalome dans ces incohérences, imagine l'équivalent corporel de cet espace : un poignet s'articule à une cuisse dont l'extrémité se change en un ventre que termine un double genou au bout duquel s'adjoignent trois doigts et un cou.

Des voix surviennent avec des lumières, on s'adresse à Jeanne, on tend des mains à serrer, on avance des sièges, un tournage va commencer, elle est la bienvenue pour y assister, les filles sont presque prêtes, dernières corrections maquillage et elles rejoindront le plateau. L'homme qui lui a donné sa carte est heureux qu'elle soit là. Il s'installe dans une chaise de toile sur le dossier de laquelle est brodé son nom — par tous les signes possibles, il affirme son statut de réalisateur. Il claque dans ses mains, et, comme le mégaphone manque à sa panoplie, les place en cornet autour de sa bouche pour ordonner que tout le monde rapplique en plateau. Il appelle quelques prénoms féminins qui tous se terminent en *a*, et crie plus fort afin d'être entendu jusque dans les cabines.

En quittant le studio, elle a directement rejoint Église de Pantin, s'est assise dans une rame et a fait comme si elle n'avait rien vu, comme si elle sortait d'un rendez-vous sans conséquence. Elle a prétendu qu'il n'y avait pas d'images rémanentes, que le passage de l'écran à la chair ne transformait en rien les enjeux du spectacle. Elle a tenté de lire, mais n'a fait que buter sur le bas de la page 263 de son livre, « Et puis, le visage rose du plaisir engendré par la cocaïne et la mépéridine, Peter projeta de toutes ses forces le verre dans l'implant de la lentille gauche de Molly, pulvérisant sa vision en éclats de lumière et de sang. » Elle n'a su donner du sens aux mots qu'en se figurant qu'ils étaient dirigés contre elle. Elle a abandonné le livre sur la banquette et a commencé de changer. À Jaurès d'abord, à Père Lachaise à nouveau, à République ensuite. Elle a pris le métro en zigzag, jusqu'à venir se perdre à Châtelet, où elle décide qu'il lui faut voir le jour. Elle suit les panneaux outremer, piste la sortie n° 7, bascule vers la 11, mais se laisse finalement aspirer par la 2, Porte Lescot Forum des Halles.

Les tapis roulants l'expulsent en surface, devant une tête de grès, énorme et pensive — sculpture pâle au pied d'une église sombre. Elle se détourne et gagne les commerces de la rue de Rivoli.

Elle slalome entre les sacs trop gonflés et les vendeurs de bouteilles d'eau, écrase quelques pieds et subitement, alors qu'elle sent un orteil rouler sous sa chaussure et que la femme en sandales à côté d'elle hurle pour la forme, l'ordre se désagrège. Il n'y a plus de situation déterminée, mais des heurts, des glissements de terrain, des gouffres, elle tente de se frayer un passage vers la devanture la plus proche — le froid du verre, y plaquer son dos, inspirer, expirer, attendre la voix, des sexes dans ses mains, des gestes, des odeurs, elle sait le scénario, mais quelque chose se déroute, elle inspire, expire, relève la tête, aucune voix ne concentre les tumultes, la rue disparaît, les enseignes, les sacs, les vendeurs de bouteilles d'eau soudain invisibles, alors que sur un écran jeté au ciel apparaît l'implacable levrette pratiquée en 16/9 par un roux sur une brune. Les corps roulent, gigantesques, sombres, bruyants ; les coups de reins énormes font trembler le trottoir — mais ce pourrait être le passage du métro sous l'épiderme goudronné —, les cris emplissent l'espace — mais ce pourrait être l'appel hélicoïdal d'une ambulance —, les masses assombrissent le ciel — mais sans doute est-ce la crête des immeubles qui avale les rayons déclinants —, la bite s'enfonce, drue, humide, caricaturale, la brune prend dans sa main les couilles qui battent au ciel, elle regarde la caméra, et c'est Jeanne qu'elle fixe quand elle hurle, de sa voix salopante — Regarde-moi jouir !, et elle tambourine des pieds, lâche les couilles, saisit les fesses du roux qui se cambre, bite engloutie entre les jambes de la fille.

Les nuages se précipitent. L'écran cède sous la charge et crève en millions d'aiguilles, les images se dissolvent et les immeubles apparaissent à nouveau, leurs toits hérissés d'antennes et de cheminées, le zinc gris sous le ciel gris. Les corps partent en lambeaux, leurs chairs liquéfiées piquettent le visage de Jeanne, s'y écoulent, et Jeanne lèche, à la commissure de ses lèvres, cette pluie au goût de sexe. Au goût de sexe et d'autre chose — elle lèche à nouveau ; le liquide qui imprègne sa langue n'a pas la consistance de l'eau. Il est trop tard quand elle reconnaît le goût de métal fluide et porte la main à sa bouche, le sang a envahi ses lèvres, coule sur son menton, dégoutte dans son cou.

On dirait que vous venez d'égorger un animal, commente le pharmacien planqué derrière son comptoir en lui tendant une mèche hémostatique aux proportions déraisonnables.

Jeanne essuie sa bouche, ses dents et son menton rougis. Puis elle nettoie les taches plaquées sur le comptoir, que le pharmacien lui pointe d'un doigt inflexible. Elle frotte avec ardeur, mais le doigt n'a de cesse de trouver d'autres cibles, il la conduit jusque dans l'orbe vitreux du ramasse-monnaie, découvre des gouttelettes incarnates planquées sous le présentoir de bonbons Ricola, et malgré l'application de Jeanne, et malgré le temps qui passe, les gouttes semblent de plus en plus nombreuses. Le doigt du pharmacien ne faiblit pas. Il indique, Jeanne frotte et il lui paraît de plus en plus certain qu'elle demeurera pour l'éternité dans la blancheur de cette pharmacie, occupée à effacer de minuscules taches rouges, supplice tout spécial inauguré pour elle et accompli sous la direction de l'index vengeur. Elle pense qu'il y aura peut-être un certain réconfort à suivre ainsi les ordonnances d'un autre.

Mais l'index se relâche; la main suspend sa course; aux aguets encore, elle plane avec circonspection sur les lieux du crime, s'immobilise, attend, puis se replie lentement dans la poche de la blouse blanche où elle s'assoupit.

Le pharmacien sourit, magnanime.

Son corps est resté opaque. On a sondé le cœur, la tête, les poumons et le bas-ventre sans y rien trouver.

Le médecin avait prédit des découvertes sans précédent, une probabilité élevée d'opérations de pointe que son très bon ami et estimé collègue chirurgien — le meilleur de Paris, une pointure, des moyens techniques que lui enviait le monde entier — aurait menées de main de maître.

Jeanne ne devait pas céder à l'inquiétude, elle n'avait qu'une seule chose à faire, se détendre; la science était là, rassemblée à son chevet. Bientôt, tout serait clair; bientôt, on saurait et, lorsqu'on saurait, on agirait. De nos jours, il n'était pas grand-chose qu'un corps puisse dissimuler à l'œil ultra-puissant de l'imagerie médicale. Résonance magnétique nucléaire, thermographie, spectroscopie, scintigraphie, ultrasons, radioscopie, le corps de Jeanne serait traversé de part en part. Les machines en produiraient le double immense et lumineux. Alors, la tache parasitaire crèverait l'écran et le médecin, d'un geste calme, pointerait l'origine du mal. Là, dirait le médecin, et « là » serait circonscrit, « là » serait ôté. Rapidement, les tissus reconstruiraient leur treillage cristallin ; le corps de Jeanne reprendrait son cours et se laisserait à nouveau oublier.

On l'a enduite, on l'a palpée, on lui a administré divers fluides et on l'a insérée dans des étuis fluorescents où elle semblait seule mais où des yeux experts scrutaient ce qu'elle-même ne pourrait jamais voir.

Elle a senti ces regards s'égailler en elle, chacun quadrillant la zone que le médecin lui avait préalablement assignée afin que la battue ne fasse l'économie d'aucune cachette. Elle s'est vue translucide, elle a craint que son corps amadoué n'ouvre grand les verrous du palais de mémoire, elle s'est représenté avec terreur la déambulation importune du médecin, traînant de pièce en pièce ses savates et sa charlotte de plastique, auscultant les trophées d'un air pénétré, s'étonnant d'étranges excès pileux, interrogeant d'inattendus replis de chair, fourrant son nez dans les broderies d'une couille avec la conviction d'inspecter les alvéoles pulmonaires de sa patiente, elle a eu peur qu'il n'en tire des diagnostics erronés. Elle s'est vue bête de foire, hermaphrodite d'un nouveau genre, prétexte tout trouvé pour permettre à la science de se livrer avec brio à son activité favorite, mais néanmoins coupable, le spectacle.

Les machines ont tourné, vrombi, turbiné, hululé, et le corps est resté silencieux. Rien n'est apparu, ni la belle lumière promise, ni le double angélique, ni l'origine du mal. On a bredouillé quelques hypothèses; le médecin n'a pas caché sa déception.

Elle retourne à l'hôtel Villa Lutèce. La devanture de verre est fendue, comme si une volée de pierres y avait été projetée. Elle voudrait voir la chambre 114, mais l'entrée de l'hôtel est réservée, les lieux privatisés pour un congrès Weight Watchers. Jeanne aperçoit la jeune femme en uniforme gris. Elle distribue des badges nominatifs aux personnes présentes. À chaque badge dispensé, elle raye un nom sur une liste qui en compte plusieurs dizaines. Quand elle se place dans l'axe des fêlures de la vitrine, sa silhouette tremble et dévie comme une tige plongée dans l'eau.

Jeanne quitte le seuil de l'hôtel et poursuit le fil de la rue. Elle dépasse la Ferme tropicale, les Pompes funèbres Bertrand, un garagiste anonyme, gagne le bloc pâle d'une école primaire, puis longe le mur indéfiniment sombre des contreforts sud de la Salpêtrière, qui s'étire jusqu'à ce que le tassement d'une minuscule bâtisse fasse un accroc dans le paysage. Après elle, la rue s'arrête; après elle, c'est le boulevard Auriol et ses tours immenses : Chéops (35 niveaux, 103 mètres), Chéphren (27 niveaux, 84 mètres) et Mykérinos (31 niveaux, 93 mètres), trois tours du projet Italie 13, trois immeubles d'habitation auxquels furent donnés des noms de complexes funéraires.

À mesure que Jeanne s'approche de la maison basse, son aspect se modifie. Ce qui semblait compact se désagrège; les rigueurs architecturales s'estompent en porosités organiques; des états de décomposition plus ou moins avancés parcourent les surfaces d'une vie inquiétante; la façade se fend d'écailles et se gonfle de cloques; le bleu sombre de la tenture se dilue; des linteaux penchent; des jointures bâillent. C'est un hôtel, un autre, et le contraire du premier, l'hôtel Bruant — un seul étage, une seule étoile; elle entre.

Les cinq membres d'une famille — le père, la mère, et leurs enfants trentenaires —, tous absorbés par le match qui se joue à la télévision, crient, La porte! Un des enfants — gros garçon blanc — se lève en soupirant et traîne vers le comptoir en gardant l'œil vissé sur le rectangle vert ligné de blanc où s'agitent des particules rouges et des particules bleues. Il remet à Jeanne la clef de la chambre 3 — à l'étage, deuxième à droite — et retourne à son poste.

Coup de sifflet, plan rapproché sur un homme en noir, une main en l'air, qui brandit un carré jaune ; les membres de la famille se récrient, le gros garçon se lève et porte les mains à son front, incrédule.

Un bruit de chute dans l'escalier. On se fige, le gros garçon se précipite — c'est lui qui est en charge.

Il trouve la cliente prostrée dans le repli de l'escalier, le contenu de son sac éparpillé sur les marches, le dos au mur, la tête renversée. Le gros garçon propose son aide, ramasse le sac, passe son épaule sous celle de la femme pour l'aider à monter. Il a peur de rater une action décisive et, tout en grimpant l'escalier, il guette la voix du commentateur et les réactions de sa famille afin de vérifier si ça chauffe.

Ils parviennent à l'étage, le garçon prend la clef, ouvre la chambre numéro 3, assied la cliente sur le lit, lui propose un verre d'eau ou un sucre. La femme ne répond rien. Au lieu de cela, elle se lève, son corps se redresse, ses épaules s'ouvrent — elle paraît plus grande. Le gros garçon amorce une retraite, gêné de se trouver si près de la cliente alors que les raisons de sa présence ont visiblement disparu, gêné surtout par la proximité du lit et par l'espace si restreint de cette chambre. D'ailleurs, il lui semble entendre une rumeur, l'effet de suspens qui précède la possibilité du but, il doit descendre en hâte. Mais elle l'attire à lui, ouvre sa chemise noire d'une main et de l'autre ferme le verrou. Il regarde son ventre rebondir à chaque bouton qui saute. En bas, ça hurle.

On a bien tenté de l'appeler, mais il n'est pas descendu, tant pis pour lui, l'action était superbe. Roberta qui feinte Adswenger, passe aveugle à Lomo qui réceptionne, puis dribble Hutchins qui tente de l'arrêter, petit pont sur Jawls et tir du pied gauche, courbe impossible, magique, le ballon s'engouffre en plein dans la lucarne. Gunson n'a rien pu faire.

On a vu le coup venir, alors on a crié, on a feulé, Descends!, on a fait des Oh!, des Ah!, on a tapé des pieds : on l'a prévenu. Qu'est-ce qu'il trafique? Il vient de manquer le plus beau but de la saison.

Cabine de douche en angle, papier peint et plafonnier, affichette, taxe de séjour, supplément animal, «Vous êtes ici», les cris de la famille qui ruent contre la porte, ceux du père surtout, qui tempête. La main du gros garçon, en étoile sur le lit, froisse le drap; ses ongles fins, rosés, s'enfoncent dans les fleurettes. Il bloque sa respiration, ferme la bouche, ferme les yeux, fronce les sourcils. Il se fait un visage parfaitement hermétique. Jeanne tient son sexe dans sa main et, du bout de la langue, contourne ses couilles. Le sexe du gros garçon hésite, suspendu entre deux états.

Le ralenti est incontestable ; Lomo avait un mètre d'avance sur Hutchins quand Roberta lui a fait la passe. On ne peut pas protester, c'est la consternation. Quand l'arbitre accorde uniquement trois minutes de temps additionnel, le père se rattrape et crie, Vendu !, sans y croire vraiment, comme un baroud d'honneur. Le garçon n'est toujours pas descendu, on fait semblant de l'oublier mais on n'est plus très à son aise, on a le sentiment de claudiquer maintenant qu'on n'est plus que quatre. Est-ce qu'il faudra monter le chercher après le coup de sifflet final ? Qui sera désigné ? Le père ? La sœur ? Zingel se rapproche de la cage de Gueldo. On s'effraye.

Le gros garçon a éjaculé dans sa main. Elle va se rincer dans la salle de bains et entend le zip de la braguette. Quand elle revient dans la chambre, le garçon est toujours là, debout, tout vêtu, les bras ballants, il n'ose visiblement pas partir sans avoir dit au revoir. Hésitant, il souffle, Merci, et tourne la poignée, mais la porte résiste. Il regarde Jeanne d'un air empêtré, a soudain l'idée d'ouvrir le verrou et se précipite dans l'escalier. Jeanne referme derrière lui, s'allonge et sort de son sac le godemiché le plus simple de sa collection. À travers le plastique translucide, elle scrute le plafond.

Plaquées au ciel blanc de Paris, Chéops, Chéphren et Mykérinos ont l'air d'attendre que le quartier des berges soit englouti par une crue extraordinaire, que s'effondrent les échafaudages du métro aérien, que les boulevards Auriol, de l'Hôpital et jusqu'au Saint-Marcel se figent, que des virevoltants filent dans les artères désertées. Chéops, Chéphren et Mykérinos savent que c'est alors, seulement, que s'exprimera leur potentiel sublime. Dans l'intervalle, elles supportent les chaises pliantes et les vélos entassés sur leurs balcons.

Pendant que les tours d'Italie 13 rêvent à leur futur inhumain, Jeanne pousse à nouveau la porte de l'hôtel Bruant. Elle s'engouffre dans les rumeurs de matchs divers, de déjeuners tardifs et d'appels téléphoniques qu'on ignore puisque ce n'est jamais un client qu'on trouve au bout du fil, mais toujours un importun, proposant tantôt la réfection des huisseries, tantôt celle de la toiture.

L'hôtel Bruant est en faillite. Une faillite lente, dominicale. Il sera bientôt vidé, vendu, détruit ou réhabilité.

D'ici là, elle y revient. Elle aime l'espace miniature de l'hôtel, les bruits qui montent jusqu'à la chambre, le roulis du métro et l'ombre des tours qui s'étend et camoufle l'infime bâtisse.

Elle réserve la chambre 3. Elle pensait venir accompagnée, conduire ici des hommes pris boulevard Auriol, rue Dunois ou rue Nationale, mais c'est avec le gros garçon qu'elle s'enferme. Il ne parle jamais, sauf lorsque la gêne le pousse à prononcer l'invraisemblable remerciement qui conclut leurs rencontres.

La famille ne commente pas, ne cille pas. On cesse d'appeler le garçon quand il est à l'étage, on ne manifeste aucune hostilité envers Jeanne, ni aucun empressement. Quand elle réserve sa chambre, le préposé au registre — mère, père ou enfant — lui demande invariablement son nom. Elle l'épelle lentement, on le note avec précaution, sans jamais anticiper une lettre avant qu'elle ne la dise. Ce rituel d'oubli tacite lui plaît.

Le sexe du garçon est un sexe motile. Il se transforme lorsqu'il bande, mais surtout, il paraît différent chaque fois qu'elle le dénude. Tantôt rond et bref, tantôt long; tantôt uni et opaque, tantôt fragile et translucide, veiné de circulations souterraines; tantôt léger, tantôt lourd; tantôt frémissant, tantôt sourd. Le pantalon noir est toujours le même, la ceinture ne change pas, le caleçon peu.

Après que le gros garçon est redescendu parmi les siens, Jeanne reste dans la chambre et visite la pièce où elle a déposé son sexe. Elle met à jour le souvenir selon les données de la nouvelle expérience, avec l'espoir d'en arrêter enfin le juste portrait. Mais les corrections ne sont jamais définitives et chaque nouvelle entrevue révèle l'inadéquation de l'image mémorisée.

Allongée sur le lit, perdue dans le détail des modifications, il arrive à Jeanne de s'endormir. Elle quitte la chambre deux ou trois heures plus tard et longe le boulevard Auriol, accompagnée par le défilé des panneaux publicitaires, des adhésifs et des affiches en pente douce vers la Seine, Française des jeux — Loto   CB — Bœuf Agneau Volaille — MoneyGram — Caixa Geral de Depósitos — So-Co-Sur — SICRA — Transformation d'un foyer de travailleurs — Massages Thaï —— Lun au Sam — Tickets rest — 9 h 30 à 1 — Poussez — Tirez — Stationnement inte — Poussez — Stationnement gên — Tirez — GH Pitié-Salpêtrière.

Quai de la Gare, elle se serre contre le dos moite d'un homme dont elle respire l'odeur. L'homme se raidit, en alerte, ne bouge pas, attend un signe. Elle pourrait. Ne fait rien. Elle ferme les yeux et traverse au ralenti le palais de mémoire dont les sols semblent duveteux. Peau noire, veines sombres, couilles légères et souples; poils roux, gland violacé comme contusionné, verge rougie; sexe ramassé sur lui-même, aux allures d'animal fouisseur; sexe flou, contour bourrelé; cylindre strict, gland chapiteau, sexe-schéma.

Dugommier, l'homme quitte la rame, se retourne sur elle avant que les portes ne se ferment, rencontre son regard absent. Sexe à poigne, large et concentré; boucles serrées, sexe niché; ligne brisée d'une verge en boomerang; équilibre précaire, gland sombre; peau granuleuse, épaisse, renfrognée, ne s'assouplit qu'après longtemps.

Nation, tous les voyageurs descendent de voiture. Jeanne quitte les lieux en laissant la porte ouverte derrière elle.

Corps en stroboscope, les basses, les flashes, les cris, tissus jetés, tissus volants, peau, mains en étoile, bras tendus, lèvres sèches et lèvres humides, lèvres rouges, lèvres défaites, yeux coulants, cous luisants, éclats, courbes, sauts, souffles, stops, accélérations, tombés, tourbillons, ruptures, saisies, la peau, les ongles, la langue, nez écrasés, griffures d'inadvertance, cuisse contre sexe, sexe contre fesses, hanches saccadées, montées, masses, coulées, vagues, flous, sueur, liquéfactions, vibrations, battements, fusées, l'aigu.

Rouge, bleu violent, dans une illumination, elle apparaît,

sans contours propres, plaquée contre les corps, ensevelie volontaire, elle saisit des chairs, tente de s'y fondre, vampire par dissolution, compressée, étouffée, prend des coups, presse, lèche, disparaît sous les dos, les ventres, les mains, les jambes,

les basses, les flashes, les cris,

n'a plus de souvenirs et plus de corps à elle, de raisons ou de cause, dans la masse en tempête, elle s'approprie les corps, vole des vies, s'agrippe à des histoires possibles, les lâche sur ordre de la sono, repart en chasse d'existences qui d'abord lui résistent, mais qu'elle pénètre de force, la voilà dans le froid d'une patinoire, les yeux emplis des pleurs d'un malheur qu'elle ne comprend pas ; assise à une table sous une lampe nocturne, écrivant un langage qu'elle ne peut lire ; au bord d'une piscine, appelant de toutes ses forces le nom d'un enfant inconnu ; dans une voiture, déchiffrant une carte pour guider un homme dont elle ignore le visage. Elle force les accès, résorbe les obscurités et l'inintelligible, elle s'assouplit encore, se défait de son odeur, de son regard, de ses gestes coutumiers et replonge dans le flux, en apnée, elle accroche le sillage de cette vie d'épouse déçue, elle suit le courant, perçoit les méandres, il est avocat, elle l'a suivi jusqu'à New York, elle se console et s'occupe en organisant des sorties pour enfants défavorisés, les musées en hiver, le zoo du Bronx au printemps, et l'été jusqu'à Fire Island, métro, puis train, puis car et bateau, plage déserte, des jeux sur le sable, à l'intérieur des terres, les cerfs de Virginie, la folie des enfants — excitation, mains plaquées sur les bouches pour contenir les cris —, la journée file, le poids du retour s'abat avec le soir, bateau, car, train, métro, Manhattan, Upper East Side, elle pousse la porte d'un appartement sombre, bleus fantômes de la télévision étalés sur les murs. Rupture de boucle rythmique, elle se déroute vers une autre existence filante, la voilà sur le seuil d'une maison blanche, volets verts, les plantes qui refusent de pousser, maisons sages alignées, quelque chose comme l'île de Ré, elle dresse une table, serviettes de papier jaune en tuyau dans les verres, compte couteaux et cuillères, avance un plateau, petit-déjeuner continental compris dans la nuitée du B&B, elle recule, apprécie l'effet, rapproche un parasol, attend, regagne la grande cuisine, 8 heures, bouilloire, grille-pain, l'escalier craque, un pas lent, un autre qui le rattrape, léger, pieds rapides sur les tomettes, précipités dehors dans un raffut de graviers, un homme et son fils désordonnent couteaux, cuillères, serviettes jaunes et verres, l'homme rabat le parasol, l'élan de son geste assied Jeanne sur une chaise en plastique, dans la salle d'attente des urgences de la Pitié-Salpêtrière, 3 heures du matin, douleurs, tension, température, symptômes, service surchargé, les vagues de synthétiseur se brisent contre son front, elle plonge tête baissée, lourdes éclaboussures, contrechocs, accelerando, son corps se délie, elle danse, le ressac l'avale et la délivre en alternance, elle nage dans une eau fluorescente, ne perçoit que les tourbillons accélérés, glisse de vie en vie, elle

164

est cette autre, divorcée d'un ophtalmologue, solitaire et désespérée qui cherche un refuge, qui espère une rencontre, sérieuse et stable, car elle n'est plus toute jeune et que la vie est dure ; elle est celle qui a entrepris un traitement thérapeutique pour comprendre les causes de ses troubles sexuels et qui remonte la corde à nœuds de sa lignée en quête de traumatismes ; elle est l'hystérique, la salope des fins de soirée, la folledingue ivre morte qu'on déculotte sur la piste de danse et qui rit à se fendre ; elle est la chose terrée dans ses complexes, qui n'endosse son corps qu'à regret lorsqu'une urgence l'oblige à sortir de chez elle ; elle est la grande nymphomane qui travaille son sublime et surveille son image dix-neuvième ; elle est l'apeurée qui ne trouve le repos qu'auprès des agames barbus qu'elle observe dans l'immense terrarium patiemment composé, changeant périodiquement le décor végétal, ajoutant sans cesse de nouvelles plantes succulentes, des branches de bois polies, des lianes, un bassin avec mini-cascade aspect naturel et éclairage LED ; une ligne d'orgue monte sur la masse, trépigne le bloc compact des basses, les gestes des danseurs se précipitent pour répondre à l'appel, s'élèvent, font syncope, pulvérisent les narrations en clichés épars, Jeanne surgit, bolide instantané, de part et d'autre du globe, aucune fonction, aucune raison ne l'attache au fil d'un lieu, elle est au pied des pyramides du Caire ; sur la banquette arrière d'un taxi ; à mi-hauteur d'un large escalier blanc, son ombre accordéonée sur les marches dures ; dans la lumière froide du rayon lessive d'un hypermarché de Dallas ; debout, au bord d'un trottoir, attendant que le feu passe au rouge ; elle danse, sent un ventre tendu contre le sien, une peau moite, une morsure, une cuisse pressée entre ses jambes, des mains, d'autres mains, puis une main précise qui remonte le long de son dos et serre sa nuque, elle sombre,

Blanc.

Silence.

Reprise disco, hystérie générale, boîte à rythmes obsessionnelle, grosse caisse, caisse claire, guitare scintillante, montées de cuivres, une voix plus haute que tout, l'image se brouille, elle perd pied, augmentation du volume, lumière aveuglante, ses géographies se détruisent, sans arrêt ni délai, un métro fulgure depuis Saint-Marcel jusqu'à 25° 58′ sud, 32° 33′ est, surgit sur le port de Maputo, rutilance bicolore lancée à toute berzingue entre les containers rouges et les silos gris, pagaille chez les dockers, on craint la collision, elle danse, les cargos somnolent, l'aspirant amphibien fonce vers le chenal, s'élance, décolle, wagons tendus dans un alignement parfait, suspend son vol à son faîte, elle danse, la rame s'immobilise entre deux cargos pointus, s'effondre en piqué, dinosaure englouti par l'eau sirupeuse, et entre en gare à Bréguet-Sabin, reprise du trafic après interruption pour présence d'un individu sur les voies, l'après-midi est lourd et bleu, elle danse, se dédouble, se fait face, se jette un regard énantiomorphe, hésite à se reconnaître, le sol lâche sous le poids, les possibles s'écroulent dans un fracas fictif, son cœur fond dans le miel d'une peau laissée nue, l'empreinte de son réseau veineux passe en flash dans les projecteurs, la texture de son iris ourle deux lèvres et s'y noie, abscisses ou ordonnées disparues pour de bon, elle se dissipe, entre les corps, le sien n'est qu'un pli dans la lumière — des épaules, des genoux, la marque de ce qui semble un sexe.

Tout ralentit.

La musique s'étouffe,
désemplit l'espace,
se recroqueville et ne forme plus qu'un minuscule carré de papier plié,
la scène se paralyse par les côtés, formes figées à la périphérie,
l'immobilité gagne jusqu'au cœur du désordre,
les contours cessent de respirer, membres inexorablement pétrifiés, crêtes glacées sur une mer morte, les souffles s'éteignent, la fixité s'étale,
le temps s'allonge sans événements.

Soudain, les taches de couleur frémissent,
se densifient,

se réorganisent selon les coordonnées d'une grille invisible; les détails disparaissent, la vue se range au carré, saisit les corps dans une mosaïque de pixels froids, puis l'un d'eux clignote, un, deux, trois, présence pointilliste qui se détache de la masse et, subitement, disparaît; un autre corps le suit — un, deux, trois, disparaît; puis un autre — un, deux, trois —, et ainsi de suite; les corps disparaissent à l'unité, le désert s'installe, puis les lieux eux-mêmes se désagrègent. Le promenoir n'existe plus, les escaliers, la piste et le plafond s'espacent d'un blanc, la ligne d'horizon se ravale d'un trait et ne laisse qu'un plan quadrillé, comme le sont les espaces après que toutes les figures ont disparu.

Seule l'incrustation de Jeanne persiste, simple élément dans un champ, position pure, elle vacille, le signal s'affaiblit, disparaît.

Silence.

Noir.

La boîte est déserte, il est 7 heures ; on la prend par les épaules, on la conduit doucement vers la rue, on l'abandonne sur le trottoir avec des murmures somnambules. Le jour monte au ralenti.

Elle traverse la ville en diagonale. Quand elle arrive boulevard Auriol, le ciel s'est levé — rectangulaire et gris —, le monde fait grand bruit, mais les télévisions de l'hôtel Bruant sont éteintes, le téléphone silencieux, les voilages rabattus. La maison basse est entourée d'une fine toile. Des ouvriers arachnéens grattent la façade et les débris s'entassent dans de grands sacs blancs.

Jeanne traverse le boulevard en sens inverse, prend la rue Dunois, débouche sur l'hôtel de l'Union. Elle s'installe dans un café voisin : elle attendra encore quelques heures.

Dans le terrarium de la Ferme tropicale, l'agame barbu cligne des yeux sous son soleil de plomb.

Les écailles sablées battent au rythme d'une respiration préhistorique. La bête est alanguie sur son lit d'ardoise.

Elle le fait glisser dans sa bouche.

Elle le laisse s'alourdir, prendre chaleur, ampleur et forme, pousser contre son palais, peser sur sa langue.

Lèvres immobiles, infimes contractions intérieures : elle a ôté au geste sa frénésie.

Elle pense aux fleurs de papier qui se déploient lorsque posées sur l'eau.

Elle s'écarte et considère le sexe bandé.

DU MÊME AUTEUR

Aux Éditions Gallimard

MISE EN PIÈCES, 2017 (Folio nº 6575). Prix Anaïs-Nin et
prix littéraire de la Vocation.

Aux Éditions JC Lattès

HISTOIRE NATURELLE, 2014.

Aux Éditions marcel

STARK, 2018.

Composition CMB/PCA
Achevé d'imprimer par Novoprint,
à Barcelone, le 10 décembre 2018
Dépôt légal : décembre 2018

ISBN : 978-2-07-279395-0/Imprimé en Espagne.